TIMPURI, ÎN GOANĂ

Roman polițist de Mada CAZALI

Colecția
DIAMANT

MADA CAZALI

TIMPURI, ÎN GOANĂ

Roman polițist

CORESI
PUBLISHING HOUSE
WWW.CORESI.NET

Acest roman se publică în format tipărit şi electronic.

Coperta – Grafica: Daniel IFTODEANU
– Design: Leo ORMAN

ISBN-13: 978-1981652266 (CreateSpace)
ISBN-10: 1981652264

Ediţia digitală a acestei cărţi poate fi accesată aici:
http://ibooksquare.ro/Books/ISBN?p=978-606-996-118-6

Pentru mai multe informaţii privind această carte, scrieţi la coresi@coresi.net.

www.coresi.net
www.LibrariaCoresi.ro

Descrierea CIP a Bibliotecii Naţionale a României
CAZALI, MADA
Timpuri, în goană : roman poliţist / Mada CAZALI. – Bucureşti : WWW.CORESI.NET, 2017
ISBN 978-606-996-117-9

821.135.1

Orice asemănare
cu personaje și situații din viața reală
NU ESTE ÎNTÂMPLĂTOARE.

DEDICAȚIE

Dedic această carte, reprezentând fragmente de viață, celor care, tineri, adulți sau seniori, cred, ca și mine, că în fiecare din noi există o fărâmă de aur ce poate fi scoasă la lumină. În ea veți întâlni personaje îndrăgite din primul volum tipărit, ***Destăinuiri cu scoici și apă sărată.***

Un cuvânt de mulțumire aparte îl am pentru Maria Magdalena MICLEA (ultima corectură) și pentru Daniel IFTODEANU, elev în clasa a 12-a din Botoșani, care, cu mărinimie mi-a oferit grafica de copertă, pentru prietenii din totdeauna, Donca și Florin și în același timp pentru românii de elită de pretutindeni, care nu uită să își trăiască viața cu demnitate, fie și din motivul că se trag din neam de martiri și din locuri sfințite cum sunt cele românești, după cum ne amintește mereu Părintele George, căruia, de asemenea îi mulțumesc. Nu îi pot uita nici pe colegii, studenții și elevii mei de la care am învățat și învăț îndurare, dar și speranța și bucuria luminii de mâine. Familiei mele imediate și extinse, frânturi din vitraliul vieții.

Mada CAZALI

PERSONAJELE

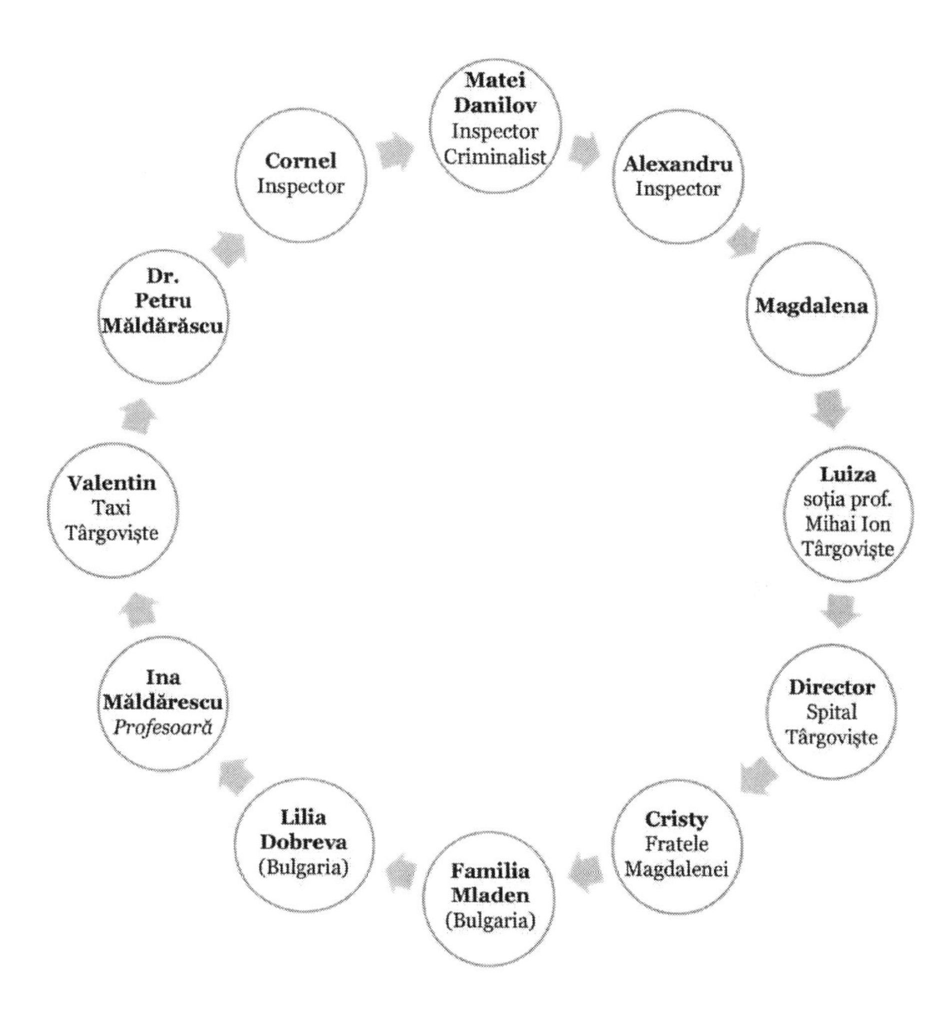

CUPRINS

DEDICAȚIE ... 6
PERSONAJELE ... 7
RECENZIE: ROMANELE „DESTĂINUIRI CU SCOICI ȘI APĂ SĂRATĂ” ȘI „TIMPURI ÎN GOANĂ” ... 9
CU TOAMNELE NU TE JOCI ... 13
ÎNTÂMPLĂRI ÎN MILIMETRI ... 15
LILIA ÎN NOIEMBRIE ... 20
OCHI DE PISICĂ ... 45
CHEIA ... 48
ISTORII ȘI NENEA VALI ... 51
MAI MULTĂ TOAMNĂ ... 57
EFECTUL ISAIA ... 60
ÎNCĂ VERDE CU MACI... ... 73
FUGĂ ÎN LA MINOR ... 77
DANS SPANIOL ȘI UMBRELE ... 79
CARAMBOL ... 81
POSEIDON ... 85
MAT LA REGE ... 105
ANOTIMPURI ... 113

RECENZIE: Romanele „Destăinuiri cu scoici şi apă sărată" şi „Timpuri în goană"

Mada Cazali este o scriitoare feroce, cu un aprig spirit şi înclinaţie către romanul dinamic, poliţist.

Volumele „Destăinuri cu scoici şi apă sărată" şi „Timpuri în goană" reprezintă un ansamblu de peripeţii cu tentă poetică în care autoarea adună fapte, memorii, crime, suspans, confuzii şi poezie într-un amalgam frumos structurat, rezultat într-un film poliţist ideal de urmărit în serile friguroase de sâmbătă, ideal, într-un acompaniament muzical săltăreţ, învăluit în mister.

Dimensiunea palpitantă a romanelor este completată de superba lirică şi imagine a naturii, a unui spaţiu mirific, încântător ochiului şi simţurilor.

„Destăinuiri cu scoici şi apă sărată" începe chiar în acest ton, cu o minunată descriere – „linia orizontului părea un fir de mătase în ochii întredeschişi pentru a filtra culorile de neînchipuit ale răsăritului". Cei doi îndrăgostiţi, Irina şi Petru sunt chipuri perfecte într-un spaţiu mirific, plaja şi marea mângâindu-le trupurile. O prezenţă agreabilă lângă acest cuplu, Pufa, căţeluşa lor.

Din spaţiul poetic, romanul face saltul către realitatea momentului, găsirea unei fete decedate într-o curte de zarzavaturi

– „Un hoţ?... Ei nu, o femeie pe care vom fi rugaţi să o identificăm pentru că nu este unul dintre oaspeţii casei."

Un element important al romanului este şi prezenţa mai multor cupluri puse în paralel, dar şi în antiteză, în funcţie de preocupări, preferinţe, vârstă sau naţionalitate – Irina şi Petru, Martha şi Jim, mama Zou şi nepoata Gülnaz, ofiţerul Matei Danilov şi Dana, Magda şi tatăl Petrescu. Personajele sunt parcă extrase din marile scrieri ale Agathei Christie; ele poartă armonios mai multe măşti – cea comică, cea înfricoşătoare sau cea conspirativă.

O tehnică demnă de remarcat o reprezintă formularea legăturilor profunde dintre prezent şi trecut, dintre acţiunea palpabilă, vizibilă şi amintirea lirică ce ne dezvăluie latura psihologică a personajelor ce tinde către melancolie, reverie, nostalgie sau regret. Totodată, edificator pentru cititor este construcţia jurnalului unui personaj, fapt ce împlineşte romanul ca pe un tot unde nimic nu este neglijat, lăsat deoparte, tocmai pentru a înţelege pe deplin natura conflictului prezentat – „Cahul, 29 iunie 2012..."

Personajele d-nei Cazali nu sunt numai părtaşe la crime odioase, nu sunt numai investigatori sau martori, ei sunt şi filosofi, gânditori, poeţi – „Aşezată confortabil în fotoliul de rafie de pe terasă, începu să scrie. Din facultate publica sub pseudonimul Alba. Poezii, proze scurte, povestioare. Primea critică bună şi invitaţii să publice, dar niciodată nu s-a gândit să o facă."

Dacă în primul volum al romanului întâlnim o poveste poliţistă mai uşor digerabilă, volumul al doilea ne aduce în prim plan un caz mai greu de desluşit – cinci oameni ucişi şi o făptură ciudată. Curiozitatea şi atenţia ne sunt reţinute în mod evident de această intrigă colosală, de supoziţii, interes pentru elucidarea cazului și pentru descoperirea acestei femei misterioase, Magdalena. Cine este ea și ce se ascunde în spatele unui chip „perturbat" de masca unui strident machiaj? Care poate fi legătura dintre descrierile substanțiale adresate concretului puse în antiteză cu imaginea poetică a femeii-mister, a naturii, a intimității dar și a amintirii poetice lăsate să încruzească sufletul în timp? – „Investigăm un număr de omucideri care sunt aparent legate de un incident întâmplat cândva în 1987, în lagărul de refugiați de la Traiskirchen, în Austria...", „Ea, Gabriela Magdalena, era acum, la 35 de ani, o femeie care își alegea relațiile cu atenția unui bijutier... Se privi în oglinda stil venețian, fixată pe un scrin suport. Ca într-un ritual yogin, își trecu palmele peste sâni și șolduri lăsându-le să atingă coapsele, desprăfuindu-le parcă de energiile zilei stinse în valurile întunecate..."

Ca și cum n-ar fi fost de ajuns pierderea subtilă a cititorului în labirintul acestor stiluri literare inconfundabile, romanul nostru poposește acum și la marginea vieții ofițerului de serviciu, investigatorul nostru care, nu numai că ne ajută să rezolvăm cazul multiplelor crime, ci ne este înfățișat ca un personaj vulnerabil, ca un om simplu cu probleme de familie, cu o soție instabilă psihic și cu gânduri istovitoare pentru un om-cheie în elucidarea unui caz grav de crimă atroce. Cum face față personajul nostru celor două lumi prin care se scaldă zi de zi? Cum îl ajută statutul social să-și depășească slăbiciunile emoționale în fața unui tumult provocat de întâmplări care mai de care mai vulcanice?

Stilul inconfundabil al scriitoarei noastre omniprezente în acțiunea relatată la persoana a III-a, ne duce cu gândul la analiza dinamicii vieții cotidiene, ne portretizează o posibilă societate în care ne regăsim, pe străzile cu întâmplări stranii pe care poposim. Ne inundă cu informație precisă și rapidă despre starea de fapt, că într-o relatare jurnalistică de la faţa locului. Urâtul situaţiei cotidiene descrisă în stil detectiv, se armonizează subit prin folosirea persoanei I în cazul introspecţiilor personajelor, a jurnalului personal care parcă ne transpune într-o altă lume de basm, cu versuri şi amintiri poetice. Un nivel existenţial aparent detaşat de restul dinamicii propriu-zise, ce însă vine în sprijin în mod miraculos în rezolvarea cazurilor descrise.

Un stil multidisciplinar, greu de abordat pentru un scriitor, pe care d-na Cazali îl stăpâneşte cu desăvârşire, prezentându-ni-l cu o uşurinţă şi o simplitate demne de marile romane ale istoriei literare.

Recomand cu căldură romanele scriitoarei Mada Cazali, scrieri pline de suspans, dinamism şi poezie.

Ana-Lucreţia Nedelcu

CU TOAMNELE NU TE JOCI

Fâşii de vară mai străbăteau în zilele încălzite, blând şi destul de întârziat, de soare. Era ca o lungă vară indiană, cum spuneau prietenii de pe partea cealaltă a Atlanticului.

Frunze verzi, muiate în ruginiu, erau semnalul că începea hibernarea naturii până la reînvierea din primăvară, fără tristeţe şi fără spaime umane în faţa schimbărilor iminente ale vârstelor.

În ultimele şapte luni, un lanţ de omucideri aglomeraseră sediul şi programul Poliţiei Speciale cu biblioraſturi groase şi gri, unele mai substanţiale în conţinut, altele cu un conţinut de doar câteva pagini şi fotografii.

Tineri sau maturi, bărbaţi, femei şi fete au devenit ţinta unui maniac, formând o listă de crime aparent fără legătură între ele.

Transferat de câteva săptămâni la Mangalia în interes de serviciu, ofiţerul Matei Danilov se ocupa de aceste cazuri al căror sâmbure nu îl descoperise încă. Se afla aici cu Dana și fetița lor, Ștefana, după mai bine de nouă luni de la încheierea dosarelor legate de Casa Mama Zou din stațiunea „2 Mai".

Îl uimea cât de repede erau acum externate mamele cu nou-născuții, la doar trei zile după eveniment. De câte ori se gândea la prunca lui, la gânguritul ei scurt și abia închipuit în sunete, emoția și spaima să nu se frângă în mâinile lui sau ale Danei îl năpădeau cu bătăi de inimă năvalnice.

Acomodarea cu locurile și oamenii se făcea treptat, ca intrarea într-o apă necunoscută în adâncime și temperatură. Străzile din Mangalia, destul de largi, cu stâlpii de telegraf îmbrăcați în flori, dădeau un aer de sărbătoare zilnică.

Matei Danilov se simțea bine în biroul lui placat cu lemn, plafon cu stucatură veche de pe la 1800, din mijlocul căruia își lăfăia multiple brațe un candelabru maiestuos. Draperiile ou de rață creau o atmosferă de palat, atingând parchetul în falduri calmate de un șnur ușor răsucit.

ÎNTÂMPLĂRI ÎN MILIMETRI

O listă cu nume, unele subliniate (victime sau rude) se odihnea în fața ofițerului. De unde să înceapă?

Numele, profesia, vârsta și domiciliul diferite...

Mobilul crimei: necunoscut.

Informații haotice, aparent lipsite de importanță deocamdată:

1. Constantin FILIP – topograf – 37 de ani – Turnu Măgurele;

2. Elisabeta IONESCU – chelneriță – 50 de ani – Bacău;

3. George SĂSĂRMAN – bijutier – 45 de ani – Sighetu-Marmației;

4. Pavel MIRON – tehnician dentar – 62 de ani – Mangalia;

5. Ion Mihai MARDARE – învățător 54 de ani – Târgoviște;

6. Lilia DOBREVA – coafeză – 26 de ani – Sofia, Bulgaria;

Numitorul comun: modalitatea de ucidere sau încercare de omucidere. Alcoolemia ridicată indica și o doză mare de drog în sânge, însă, în dosar nicio dovadă de adicție. Sucombarea avusese loc pentru fiecare în parte în timpul unei sărbători, petreceri sau mese festive.

Creionul traversa numele de pe listă, precum se traversează strada pe la zebră. Încerca să găsească o logică în crimele care păreau fără noimă, amestecând vârstele – tineri, adulți, seniori – cu profesiile, cu orașele de reședințe diferite sau cu sexul victimelor – un conglomerat în care lumina nu pătrundea încă.

– Cornele, vino până la mine și adu toate datele pe care le ai legate de dosarul „Stroboscop"!

Danilov trase spre el o agendă de telefoane care trona pe colțul biroului.

Ofițerul Cornel Dumitru, cam de aceeași vârstă cu Danilov, dar mai solid, intră cu un vraf de hârtii și dosare învălmășite. Colțurile documentelor se arătau unele de sub altele, într-o imagine stelară.

– Bună dimineața șefu', iată-mă!

Depuse hârtiile pe un colț al măsuței de mahon lustruit de lângă biroul masiv, dându-i parcă viață.

Părul negru corb, tuns scurt și cu cărare pe o parte, contrasta cu blond-roșcatul ondulat al ofițerului Matei Danilov, dându-i totdeauna o înfățișare încurcată. Ochelarii rotunzi, retro, îi aminteau lui Danilov de Minulescu. Îi mai lipsea o pălărie cu boruri largi și o lavalieră cu picățele ca să fie o copie aproape fidelă a poetului.

„În orașu'n care plouă de trei ori pe săptămână, orășenii pe trotuare par păpuși automate date jos din galantare..."

Lui Matei îi plăcuseră poemele minulesciene de când era în liceu. Profesoara lui de Limba și Literatura Română, o doamnă în adevăratul sens al cuvântului, le adusese în dreptul sufletului, lui și colegilor, scriitori ale căror nume sau opere erau interzise înainte de 1990, chiar și să fie pronunțate. O chema Elena. Anul în care a avut-o se poate spune că a fost de aur. După ea au venit... cadre didactice, nu profesori de calibru. Doamna Elena ieșise la pensie și acel eveniment a marcat închiderea unui capitol de adevărată educație în viața lui și a liceului absolvit din București.

– Haide să ne organizăm puțin!

Mâinile lui Danilov se întinseră spre monumentul informațional adus de coleg.

– Tu iei primele două cazuri, Alexandru următoarele, iar eu iau ultimele două.

– Da, șefu'!

Era reconfortant să lucreze cu ofițerul Dumitru. Nonformalismul în felul în care i se adresa îl bucura; un lucru pe care îl stabiliseră de la bun început. Nu câștigi nimic dacă ești „scrobit” în relațiile de serviciu. Când participau însă la întruniri oficiale, reveneau la titlurile și formulele de uzanță.

Într-o oră, documentele stivuite în ordine erau abordabile. Aveau nevoie să le completeze cu informațiile ce urmau să fie obținute pe viitor.

– Deci, Cornele, cazurile de care ne ocupăm sunt următoarele:

Cazul Constantin FILIP – topograf – 37 de ani – Turnul Măgurele;

Cazul Elisabeta IONESCU – chelneriță – 50 de ani – Bacău:

Ofițer CORNEL DUMITRU!

George SĂSĂRMAN – bijutier – 45 de ani – Sighetu-Marmației;

Pavel MIRON – tehnician dentar – 62 de ani – Mangalia;

Ofițer Alexandru!

Ion Mihai MARDARE – învățător – 54 de ani – Târgoviște;

Lilia DOBREVA – coafeză – 26 de ani – Sofia, Bulgaria:

Ofițer Matei DANILOV!

– Am înţeles. Cu cât mai repede, cu atât mai bine. Ştiţi, în urma investigaţiilor recente, am aflat că din această listă ar trebui să lipsească Pavel Miron, tehnicianul dentar din Mangalia. Este încă în viaţă. Luna trecută era cât pe ce să dea ortu' popii, tot într-o petrecere. De aceea probabil că poliţia locală l-a pus pe hârtie...

– Bun, deci, Alexandru poate să investigheze restaurantele, hotelurile, anunţurile de petreceri...

Poliţiile locale fuseseră contactate şi anunţate despre demersurile echipei de criminalistică conduse de ofiţerul Matei Danilov pentru lămurirea cazurilor dosarului Stroboscop.

El se hotărâse să înceapă cu cel mai recent, acela al Liliei, o tânără din Bulgaria, aflată la o serată ce adunase peste o sută de români din afara ţării la noul restaurant „Calul Troian", de la marginea Bucureştiului. Din partea câtorva martori şi a poliţiştilor care s-au dus la faţa locului avea ceva informaţii despre cele întâmplate.

LILIA ÎN NOIEMBRIE

Picioare lungi, extinse în nişte pantofi cu tocuri scobitori de vreo 20 de cm şi o fâşie de rochie ca un bandaj, de la mijloc şi încă vreo două palme în sus şi în jos.

Se amestecase între perechile ad-hoc create pe ringul de dans. Muzica anilor '70 – Celentano, ABBA, Elvis – îi displăcea, dar twist... ooooooo... rock and roll... îşi chinuia corpul într-un ritm doar de ea ştiut, părul despletit unduia spre mesele la care mâncau cei ce nu dansau.

Privea spre trupurile unduite cu ochii unei femei flămânde de dragoste pentru o seară, aburită de băutură, o seară neştiută de cei rămaşi acasă în neliniştea de toamnă a oraşului cenuşiu, oraş cu sfori de ardei lungi, roşii, atârnaţi în balcoane şi cu mausoleul lui Gheorghi Dimitrov, monument de marmură bej-gri pe care îl vizitase cu şcoala elementară şi medie.

Plictiseala și apoi nemulțumirea purtate de-a lungul anilor de generația bunicilor și părinților sub comunismul bulgar o ajunsese și pe ea. Când se întâlnea cu oameni, uita de această stare.

Se învârti, se învârti – derviș feminin. Lovi, în pierderea echilibrului, o tânără care intră din întâmplare pe traiectoria ei.

– Hei, ce faci, Lilia, de ce nu te uiți? spuse vocea speriată.

Lilia, „ocupată" de căderea liberă și de paharul din mână, nu îi putu răspunde.

Paharul aproape gol se lovi de pardoseală cu un sunet precum dopul de șampanie extras din sticla aburindă. Trecură câteva momente până când dansatorii înțeleseră că se întâmplase ceva și începură să se desprindă din cercurile aproape concentrice.

Muzica se opri și ea.

Câțiva bărbați se apropiară să o ridice. Părea o marionetă ale cărei sfori erau rupte. O mână ca o aripă frântă, atingea pământul în timp ce mâna cealaltă se sprijinea de corp. Capul era aplecat spre dreapta, peste umăr.

Pantofii cu tocuri prea ascuțite târau pe dalele ringului rămășițe invizibile de dans. În urma ei, stroboscopul continua să joace culori pe fețele și trupurile tuturor.

*

– Expertiza medico-legală a evidențiat o supradoză de drog – cocaină –, în alcoolul ingurgitat. Nicio urmă de folosire constantă de substanțe. Nicio urmă de la acele de seringă. Probabil că vreun prieten i-a sugerat această combinație nefericită pentru a se simți... mai bine. Dar mai este ceva. Se poate ca paharul să nu fi fost spălat bine... știți dumneavoastră...

Medicul parcă citea cifre lipsite de importanța pe care inflexiunea vocii nu le suprapunea unei vieți în pericol.

În sala de așteptare, mama Liliei, o doamnă la vreo șaizeci de ani, își ștergea lacrimile.

– Doamnă Dobreva, Lilia se află la reanimare. În câteva zile o veți lua acasă.

Mama Liliei se repezi și, prinzându-i mâinile în ale ei, începu să i le sărute. Tânărul medic, luat prin surprindere, nu schiță niciun gest de împotrivire.

Era primul lui caz.

*

Când a fost anunțat că Lilia Dobreva este în afara oricărui pericol, Matei Danilov se afla deja în București.

– Interesant, interesant... Acum vom afla, sper, amănunte.

– Domnule doctor, doresc să am o conversație cu mama pacientei dumneavoastră din Bulgaria, doamna Dobreva. Aveți numărul de la etaj?... Este bine și așa, mulțumesc.

Transferat la rezerva Liliei, Danilov, în așteptare cu receptorul la ureche, bătea nerăbdător cu degetele în biroul de metal a cărui vopsea lipsea pe alocuri.

– Bună ziua, doamnă Dobreva, sunt ofițer Matei Danilov de la Poliția Specială și aș dori să stăm de vorbă astăzi, dacă este posibil și mai târziu cu fiica dumneavoastră, Lilia... Da, desigur, supravegheați-o cât mănâncă. Voi trimite o mașină după dumneavoastră cam în jumătate de oră.

Întors la birou, Danilov o întâmpină în picioare pe mama Liliei, care veni în jumătate de oră. Cu o înclinare ușoară a capului, o invită pe scaunul cu brațe, așezat strategic ca să o poată privi în față.

– Îmi pare bine să vă cunosc, minus circumstanțele și mă bucur că vorbiți românește atât de frumos, o complimentă ofițerul.

– Am învățat-o de la părinții și bunicii mei, născuți la Sulina unii și la Ruse alții.

Oftă.

– Și Lilia o vorbește bine și îi place.

Își șterse ochii.

– Doamnă, ați amintit de fiica dumneavoastră. Spuneți-mi câte ceva despre ea și despre familie. Cum își ocupă timpul? Mai aveți și alți copii?

– Da, mai am un fecior, el a ales milităria. Nu m-am opus, știe ce face. Vrea să calce pe urmele lui taică-su, care a fost pilot în România.

Lilia, să vă spun sincer, nu știu cu cine seamănă așa neadunată. A început o facultate și s-a lăsat de ea. A vrut să devină model, știți dumneavoastră... nu prea vorbește cu mine... De un an și ceva este coafeză. Altfel este fată serioasă, nu mi-a făcut probleme...

Danilov își luase câteva notițe și, folosindu-se de tăcerea femeii, o abordă din nou:

– Să revenim puțin la soț, ați spus că a fost pilot... a decedat?

Tăcere.

– Nu, nicidecum! A fugit din țară în 1987, dorind să ceară azil politic. S-a găsit cu alții în lagăr în Austria, la acela... Treici... Traichi...

– Traiskirchen, da? interveni ofițerul.

– Da, domnule ofițer. (Stâlcește din nou cuvântul)

Danilov aștepta ca mama Liliei să își reia povestea.

– Acolo s-a făcut prieten cu niște oameni ca și el, fugiți de acasă...

– Cât a stat în lagăr? A rămas în Austria?

– Păi a stat vreun an și ceva, că tocmai veniseră zece mii de evrei ruși. Pe ei i-au luat primii pentru a-i trimite în alte țări. Îmi povestea la telefon mai târziu, când ieșise din lagăr, stătea într-un motel cu alți refugiați, că erau plini de aur aceia, aveau până și medalii pe piept. Cărau câte 4-5 geamantane doldora fiecare. Lor li s-a permis să plece așa din Uniunea Sovietică de atunci. Au fost trimiși mai departe în două-trei săptămâni, în Canada și America. Unii au fost trimiși și în Noua Zeelandă și Australia. Puțini.

– Deci vă povestea din viața pe care o ducea în lagărul acela, da?

– La început, primele luni... apoi...

Tăcu.

– S-a întâmplat ceva?

Ochii femeii, plecați, închideau durerile din amintiri. Deodată, cu un gest hotărât, își trecu mâna prin părul încărunțit, tuns scurt și se uită la Danilov.

– Voi, bărbații, uitați să îmbătrâniți lângă femeia pe care ați iubit-o tânără... L-a găsit o neterminată, spuneau oamenii că-i făcea de mâncare... a plecat cu ea în America. A trimis o carte poștală de pe undeva de acolo... fără adresă. Ștampila din Dallas. Un vecin care s-a întors după ani din Noua Zeelandă să stea cu familia lui rămasă aici... el ne-a spus...

Tristă era povestea, dar femeia din fotoliu își arcuise sprâncenele privindu-l în ochi, mândră.

– Nu am primit niciun ban pentru copii. I-am crescut singură.

– Sunteți o femeie tare, doamnă, aprigă!

După o scurtă pauză:

– Îmi puteți spune numele vecinului dumneavoastră?

– Mladev... Konstantin.

Numele nu se afla pe lista lui.

– Scrieți, vă rog, adresa aici, îi puse în față un bloc notes, știți și un număr de telefon?

Numerele se înșirau unele după altele.

– Acum se află la mare, la Constanța, cu soția, Danka, prietena mea de o viață. Îi puteți suna. Acesta este numărul.

– Vă mulțumesc. Șoferul o să vă conducă înapoi. Sper că fiica se va reface curând și va fi mai atentă. Vă voi face o vizită în câteva zile.

Dobreva se ridică, își strânse în jurul trupului un fel de poncho în dungi și flori mari, negre, pe fond beige.

– Vă așteptăm. La revedere, domnule ofițer!

Danilov privi în urma femeii. Nu avusese replică la cele spuse despre bărbați. Îi dădea dreptate. Tânăra urma să plece spre casă din Sofia în două zile, imediat după externare. Deci putea discuta cu ea acolo.

Stătea cu mâna pe telefon, așteptând parcă să sune. După câtva timp se hotărî și formă el un număr.

– Alo, dobar deni... Aș dori cu Mladev Konstantin... Pe la ora trei? Mulțumesc, voi reveni.

*

Îi veni în minte pensiunea Georgette din Mangalia, cu balconașele din fier forjat, acceptabilă ca interior și cu mâncarea adusă din altă pensiune. Acolo au petrecut: el, Dana și fetița, primele două săptămâni de după transfer. Ce zile frumoase...

Acum, în drum spre Hotelul Ibis din Constanța pentru întâlnirea cu Danka și Konstantin Mladev, vecinii mamei Liliei din Bulgaria, Matei Danilov rememora cele câteva informații primite.

O toamnă naivă și sfielnică urmărea mașinile și oamenii pe străzi. Grupuri de ființe, statui vii din bronz formau o lavă umană care se distribuia în direcții și spații diferite.

„Ibisul” avea o rotondă spațioasă, împărțită în coloane de marmură verzi cu vine negre, în ton cu pardoseala de ceramică, păstrătoarea sârguincioasă a unui mediu răcoros, atât de căutat în zilele toride.

Cei doi bulgari au coborât în câteva minute. Prezentările făcute, s-au așezat în fotoliile confortabile de pai împletit, tapițeria lor acomodând corpurile de diferite mărimi.

Danka, o femeie de vreo 55 de ani, purta o tunsoare asemănătoare vecinei prietene. Nu își ascundea însă culoarea grizonată sub vopsea, încărunțirea dându-i un aer aristocrat.

Konstantin, rotund și înalt, o înconjurase protector cu brațul drept pe după umeri. Mustața groasă și sprâncenele negre contrastau cu părul aproape alb. Ridurile îi traversau obrajii, împărțindu-i parcă în perioadele vieții sale. Și-a declarat vârsta cu semeție, 62 de ani, pe care îi purta frumos și știa acest lucru.

– Ofițer Danilov, începu Konstantin, am priceput de la vecina noastră, doamna Dobreva, că doriți să vorbiți cu noi despre soțul... fostul ei soț, cu care am fost coleg de lagăr în Austria. Despre lagăr.

– Mă interesează orice amănunt pe care vi-l amintiți. Trebuie să vă spun că participați la găsirea unui criminal foarte periculos, care a luat viața a cinci oameni și a încercat să asasineze și pe al șaselea, pe fiica prietenei dumneavoastră, pe Lilia, dar nu a avut succes. Probabil că își pregătește altă lovitură chiar în aceste momente.

Este vitală găsirea motivului. După cum am constatat până acum, singura legătură între victime este fie un timp petrecut în lagărul de refugiați din Traiskirchen, fie sunt rude ale cuiva care s-a aflat acolo.

Danka și Konstantin se priviră unul pe altul, o privire parcă de încurajare.

– Vă voi povesti. Tot ce știu. Poate vă voi spune și ce cred despre cele întâmplate. Dacă aveți întrebări, vă rog să nu întrerupeți pentru că este greu să explic în română... dar nu imposibil. O vorbesc de mic, de când jucam cu băieții români. Știu și vorbe... mai puțin frumoase, râse vinovat spre Danka. Apoi o mică tăcere.

– Vă rog să începem. Eu îmi voi lua notițe și vă întreb când terminați istorisirea sau când considerați dumneavoastră.

Caietul de însemnări ale ofițerului aștepta să absoarbă ca o sugativă informațiile.

– Dintre toţi care ne aflam în lagărul de la Traiskirchen atunci, la sfârşitul de vară toridă, eu şi cu o familie din Cehia fuseserăm privilegiaţi, se poate spune. Aveam o rezervă de patru persoane, familia – regizor şi profesoară de muzică, aveau un copilaş de vreo doi anişori. Eram respectaţi ca intelectuali, ajutam la înregistrarea noilor veniţi.

Eu mă ocupam de bulgari şi din când în când de români. Am învăţat elevii germana înainte de a fugi din Bulgaria. De asta mă foloseau.

Încăperea strâmtă, în afară de paturi, mai avea o masă şi două scaune. Culoarul larg, pe o parte găzduia ferestre aproape cât un stat de om, iar pe cealaltă uşile încăperilor, toate de câte 14-16 paturi, în afara rezervei noastre.

La capăt, între ferestre şi ultima uşă, se afla o cameră de baie cu toalete şi duşuri semiînchise. Aveam anumite ore în care intrau bărbaţii şi anumite ore pentru femei.

Parterul nu era locuit, ci doar etajele unu, doi şi trei. La parter era cantina unde mâncam la 8, 12 şi 18, era mâncare mai multă decât putea gândul nostru să încapă.

Se întrerupse şi privi cu vinovăţie parcă spre soţia lui.

Danilov profită de întrerupere și riscă o întrebare grăbită:

– Cât timp ați stat acolo, în lagărul propriu-zis?

Mladen strânse mâna soției și continuă:

– Perioada de stat în lagăr la Traiskirchen era de la 9 la 12 zile, în general. Între noi se aflau și oameni – bărbați, femei, familii cu copii, tineri, care alegeau să rămână acolo și să nu meargă în munți la moteluri și asta pentru ca să găsească de lucru.

Pentru mine și familia de cehi, perioada de carantină se apropia de sfârșit, stătuserăm aproape trei săptămâni.

În fiecare zi priveam cu jind la libertatea de afară, la curtea interioară dintre clădiri – o mică grădină cu bănci vopsite în alb – pietriș, iarbă și câteva flori, curte unde așteptam și noi să ne plimbăm până la repartizarea pe localități și apoi plecarea ca emigrant spre țara aleasă.

Așteptam să pot da telefon să vorbesc cu Danka, de care îmi era atât de dor! Până la ieșirea din carantină nu aveam voie. Eram însoțit de un polițist al lagărului până la biroul de înregistrare, completam formulare cu datele spuse de oameni, apoi eram însoțit la masă și în clădirea cu rezervă.

O strânse de umeri pe soție și aceasta își lasă ușor capul pe umărul lui.

– Mult trebuie că vă iubiţi! spuse Danilov aproape în şoaptă.

Ca doi vinovaţi, cei doi dădură din cap în semn afirmativ.

„Felicitări! Timpurile şi vârstele nu se măsoară la fel pentru toţi“, gândi ofiţerul, amintindu-şi de cele povestite de mama Liliei.

Cafeaua se răcise în ceştile zvelte de cobalt cu arabescuri aurii. Ca la un semn, toţi trei luară o înghiţitură salvatoare în linişte care se lăsase.

– Acum puteţi întreba. Partea cea mai grea a trecut, spuse cu linişte Konstantin.

Matei Danilov începu uşor:

– Cât aţi stat în lagăr la Traiskirchen, aţi legat prietenie cu vreun alt refugiat?

– Desigur, cu doi români, unul jumătate bulgar, erau de treabă. A, şi cu un albanez speriat tot timpul, săracu'. Cei doi erau colegii mei de masă, ne aşezam împreună. Unul era Dobrev, soţul vecinei noastre. El a plecat în America.

Se încruntă şi întristat continuă:

– Nu trebuia să părăsească familia! Ei l-au aşteptat mult. Îi simt lipsa şi acum. Viaţa departe taie din tine. Nu mai eşti cine ai fost. Eu, de aia am venit acasă. Tocmai din Noua Zeelandă. Chiar dacă nu avem copii, suntem unul cu altul şi asta este tot ce e important.

– Şi celălalt român?

– Un tip din Târgovişte, Mihai Ion... Era învăţător, tip cumsecade. Fire veselă, făcea să treacă timpul mai uşor. Cu el m-am revăzut acum câţiva ani, cred că doi. Revenise şi el acasă. M-a căutat la telefon şi ne-am întâlnit aici, la Constanţa, am fost şi noi la el acasă... Frumoasă Târgoviştea, Mitropolia, frumoasă familia, soţia Luiza şi fiul Iorgu... Acum două luni m-a sunat Iorgu să îmi spună că Mihai a murit, nu îmi venea să cred... din cauza drogurilor... el nu folosea... mai bea câte un pahar de rachiu, poate şi vin, dar... Dumnezeu să îl odihnească, nu a fost om rău!

– Adresa şi telefonul de la Târgovişte?

Danilov scria înfrigurat... cuvinte, cifre, întrebări... Îl frigeau degetele.

– Spuneţi-mi, vă amintiţi vreun incident cât timp aţi fost în lagăr, la care să fi participat şi Dobrev şi Mihai?

– Da, desigur, chiar în seara dinaintea plecării mele. Am mers la culcare. Pe la 2 dimineaţa am auzit câinii lătrând pe coridor şi voci în germană. Uşa s-a deschis cu putere şi în pragul ei au apărut trei gărzi austriece în uniforma lor gri, cu doi câini lupi şi lanterne puternice care luminau ca pe stadion. Au răsucit comutatorul şi în lumina ca ziua, unul dintre ei a strigat numele noastre. Eram toţi. Au plecat mai departe, la alte camere.

La micul dejun am aflat ce se petrecuse: în dormitorul lui Mihai aflaseră că unul dintre români era turnător, un nenorocit strecurat ca să afle cine unde merge. Oamenii din rezervă puseseră la cale totul în câteva minute.

I-au ajutat şi cei care nu erau români. În noaptea aceea l-au luat ostatic pe turnător, l-au legat, Dumnezeu ştie cu ce, l-au băgat într-unul dintre dulapurile uşoare cu o singură uşă din camera ca de cazarmă şi i-au dat drumul de la etajul trei prin fereastră. După aceea, conducerea lagărului a fixat zăbrele de fier pentru a evita altă întâmplare asemănătoare.

Se simţea o satisfacţie în vocea lui Konstantin, de parcă şi el ar fi participat la pedepsire.

Ştiţi cumva din ce localitate era acel personaj sau cum îl chema?

– Nu, numele nu îl ştiu, dar locul de unde venise, da. Era de la Buftea, unde făceaţi voi filmele acelea frumoase. Oare mai trăieşte după căzătura aceea?

– Încercăm să aflăm. Vă vom da de ştire. Mulţumesc foarte mult pentru timp şi cunoştinţă.

– Mulţumim şi noi. Este ca o uşurare după atâţia ani. Vă aşteptăm la noi când... puteţi.

Prin uşa hotelului, luminile oraşului diamantau locul. Arbuştii de pe lângă clădiri erau luminaţi de la sol în sus, creând imagini din cărţile pentru copii, castele în miniatură. Răsuflă uşurat. Simţea că se afla pe drumul cel bun.

Graba de a o revedea pe Dana şi pe fetiţă îl făcu să uite că a venit cu maşina. Abia în staţia de taxiuri îşi aminti că maşina lui era încă parcată la „Ibis". În jumătate de oră se va afla acasă. În noul acasă de la Mangalia.

*

Dana adormise cu capul pe umărul lui stâng, „să îi simtă mai bine inima". Şuviţele negre, aşezate în neorânduială pe piele ca fireturile unui ordin al „cavalerilor", răspândeau un parfum uşor de liliac, de la şamponul pe care îl folosea.

În fiecare seară când se aflau împreună, aveau de urmat un ritual: Dana îi făcea baie Ştefanei, Matei o primea în prosopul călduţ, îi făceau masaj fiecare pe o mânuţă, fiecare avea partea lui, apoi o îmbrăcau în pijamăluţa ei de copil şi... în pătuţ, la „Balul Plăpumarilor".

Era un alt univers, zâmbea în somn şi ofta uşor, de parcă ar fi suflat într-o păpădie nevăzută când se cufunda în visuleţele de copil. „O noapte cu îngeri buni", îi ura de fiecare dată după ce o înveleau şi se închinau. Nu avea sentimentul de posesie a ceva pur, ci se simţea parte dintr-un miracol care însemna Dana, fiica lor şi el.

A doua zi plecă spre Sofia. Mai vizitase orașul în copilărie, cu un autocar închiriat de școală. Își amintea drumul în toamnă pe povârnișul muntelui Vitosa, un drum destul de arid. În oraș ajunși, se opriseră la mausoleul lui Gheorghi Dimitrov, erou al Bulgariei comuniste. Trepte de marmură, doi soldați de pază.

Fotografii făcute acolo, în fața intrării peste al cărui prag nu trecuse. Își amintea cerul albastru înconjurând locul, iar împrejur un parc cu mesteceni, frunze de un galben perfect, așa cum se vedeau cu ochii celor 14 ani pe care urma să îi împlinească în curând.

Apoi, Catedrala Sf. Sofia cu catacombele ei, ducând tocmai sus pe munte, un candelabru imens aurit și povestea turlelor al căror aur în folii fusese acoperit cu vopsea în timpul celui de al doilea Război Mondial ca să nu fie luat de ruși.

Încerca să vadă imaginea parcului în care fusese înmormântat unul dintre cei mai mari poeți naționali, sub o stâncă adusă de pe Vitosa...

Blagadariu...

Tot trunchiuri de mesteceni, frunze... frunze... nu își amintea numele...

„Satele bulgărești, mai ales cele de lângă Dunăre, pe la Ruse încolo, nu arată diferit de ale noastre”, își spuse Matei Danilov. Atât doar că la case aveau atârnate la fațadă șiruri de ardei capia, roșii, podoabe care deja începuseră să se usuce în soarele de toamnă. Vița-de-vie creștea, umbrela ei cochetă ascunzând cărările pavate de la porți înspre case. Strugurii se ascunseseră de-acum în mustul care îmbătrânea.

Casa mamei Liliei era dichisită, văruită în beige, cu rama ferestrelor un maro roșcat. Acceptase invitația convins că în depoziția tinerei, cât și în albumul de familie va găsi date interesante. Apoi, revenirea Liliei acasă risipise posibilitatea de interogatoriu la sediul Poliției Speciale din Mangalia.

Nu a fost nevoie să bată în poartă. Doi câini l-au luat în primire zgomotos și eficace.

– Sărut mâna, doamnă. Sunt ofițerul Danilov, vă amintiți, am vorbit în spital...

– Sigur că da, poftiți. Lilia tocmai s-a trezit. Îi voi spune că ați sosit.

Înăuntru mirosea a parfum de trandafir, atât de caracteristic „brandului" Bulgaria. Pătrunzător, dulceag, prea prezent.

*

Subofiţerul Alexandru scria grăbit, aruncând literele pe rânduri diferite. În faţa lui, o pagină cu trei nume, tipărită mare, primea din mâna lui x-uri.

– Îmi mai lipsesc informaţii despre o persoană. Cât mai durează să le aveţi, că doar nu le luaţi de pe lună?!

De la celălalt capăt al firului probabil că urmase o scuză.

– Lăsaţi, spuse el, nu mai căutaţi scuze! Deci, adresa, persoana de contact plus ultimul loc de muncă. Evident, numărul de telefon al familiei şi data precisă a omorului. Într-o oră şi jumătate vreau să le am la sediu. Bună ziua.

Îşi aşeză cravata nervos, nodul prea mare îl jena rău, iar pantofii noi parcă aparţineau altuia, vârf ascuţit, mai lung decât piciorul cu vreo 3 cm, cum îl făcuse sora lui să-şi cumpere.

– Să fii şi tu modern, cum sunt alţi tineri de vârsta ta. Pleci să lucrezi la Mangalia... Poate ieşi în vreo seară... poate se îndrăgosteşte şi de tine cineva.

De când fusese transferat în interes de serviciu de la Poliţia de Proximitate din Vatra Dornei avea dureri de cap. Cazul „Stroboscop" îl solicita total: gânduri, timp, acţiuni, aproape douăzeci şi patru de ore din douăzeci şi patru.

În anii trecuţi de la absolvirea Facultăţii de Drept a „vindecat" multe situaţii incredibile, femei, tinere, copii abuzaţi. Violenţa în familie crescuse proporţional cu foametea care se instalase încet, ca o mâzgă peste viaţa oamenilor.

Îşi amintea cum, într-o dimineaţă de luni, îi ţâşnise în faţă o fetiţă de nouă-zece ani, în rochiţă bleu cu mânecuţe bufante şi cordon legat într-o parte cu o fundă mare. Pe umărul drept, o pată de sânge continuată în dâre, urme de degete încă vreo zece centimetri. Spaima şi alergătura îi opreau cuvintele în silabe indescifrabile.

– Veniţi... vă rog... mama... tata a lovit-o... mama (fetiţa îşi scâncea cuvintele)... veniţi, veniţi...!

A luat-o în maşina poliţiei până două străzi mai departe. Uşa apartamentului era întredeschisă, ca un ochi înainte de somn. Alexandru, împreună cu doi colegi de-ai lui au intrat urmaţi de fetiţă.

– Acolo! spuse aceasta, marcând direcţia cu degeţelul arătător.

– Elena, Lenuţa, eşti bine? întrebă o vecină care apăru în uşă. Vino la mine, dragă, să te spăl. Vai, sărăcuţa!... îşi pocni palmele speriată, ai sânge pe rochiţă!

Sublocotenentul, după ce întrebă numărul apartamentului în care locuia femeia, îi spuse acesteia să ducă fetița acolo, la ea, să îi dea ceva de mâncare și să o liniștească.

Flash-ul aparatului tipului de la Criminalistică contura lucrurile din camera în care, pe fotoliu, se afla mama Elenei, o basarabeancă plinuță, ca la vreo 30 de ani, păr vopsit negru, buclat. Cu capul aplecat pe spate și mâna stângă ridicată, părea că țintea cerul. În jur, dezordine ca după o bătălie.

Cioburi de la o vază de cristal roșu erau împrăștiate nu departe de femeie, pe covorul persan care găzduia și trei garoafe albe, revărsate odată cu apa, ca viața femeii mame.

Bărbatul... nicăieri. A fost prins a doua zi. Trei vieți distruse.

*

În drum spre apartamentul închiriat din Villa Ronda, Alexandru se opri la „Poseidon". Se așezase la bar cu un cocktail în fața lui, whisky alb și suc de portocale, încercând să uite de pantofii incomozi. Sticla prelungă era asemănătoare gâtului femeii din stânga lui. Cât de ușor se lăsau unele pradă primului venit!

– Bailamos... te quiero amor mio... da, să dansăm, te iubesc, dragostea mea...

Înțelegea spaniolă, îi plăcea să o și vorbească, dar nu avea cu cine să practice și apoi, timpul acesta gonea și gonea.

Alex privi ușor peste umăr. Părul femeii, vopsit blond spic, lung, era strâns într-o coadă neglijent împletită. Ochii încercănați purtau umbre maro, probabil ale nopților nedormite pe care încerca să le ascundă cu un machiaj intens, negru, pe pleoapa de sus și sub ochi, ceva gen Cleopatra.

Era vizibil diferită de lumea locului. Mâna cu degete lungi, unghii acoperite cu ojă neagră, părând gata să se înfigă în carnea cuiva îi dădeau fiori stranii, nu ca în prezența altor femei. Pe lângă faptul că, așa, cu înfățișarea grotescă oarecum, semăna cu o femeie de stradă... și totuși...

Vorbind ca pentru ea, femeia de la bar îi spuse:

– Mă numesc Magdalena. Este o seară bună de înot... aș merge în valuri, da' doar însoțită! și în acel moment îi aruncă o privire ca în transă.

Apropoul îi era lui adresat, evident, la bar nu se mai afla nimeni în acel moment, doar barmanul solid care se ascunsese în colțul opus, cu telefonul celular la ureche.

Cumpănit în viața de toate zilele, Alex, cum îl chemau ai lui, mai fusese într-un bar în timpul studenției.

Se află aici, urmărind să găsească un fir pe care colegii lui îl așteptau în cazul „Stroboscop". El trebuia să devină un „cunoscut" al locurilor în care eventual ar putea să apară cel care luase atâtea vieţi nevinovate.

Nici nu se aşteptase să aibă un „affaire"... această femeie, probabil de 30 de ani îi crea o stare de nefiresc, precum aceea a unui căutător de comori.

Magdalena se prelinse de pe scaunul înalt, semn că probabil voia să testeze valurile în amurgul care se adâncise în noapte.

Alexandru termină paharul de whisky dintr-o înghiţitură şi se ridică, urmând-o. Barul rămase în urma lor cu perechi şi grupuri care, între timp populaseră locul, dansând pe muzica spaniolă, fum albăstrui de ţigară învăluind locul, ca şi clinchetul de pahare.

La intrarea principală, erau parcate maşini de toate mărimile, modelele şi culorile. Între ele se ascundea modestă şi a lui, un Hyundai 2002 gri argintiu. O păstrase bine.

Uşa din spate se deschidea spre mare.

Nisipul le îmbrăţişa paşii, iar valurile se mai distingeau, alergând spumă spre mal. Au vorbit, au tăcut, apoi au vorbit din nou. Alex i-a povestit despre eşecul în căsnicie. Ea despre singurătate. Spunea lucruri frumoase. Oare le citise şi memorase?

Spre uimirea lui, la un moment dat, femeia întâlnită cu mai puţin de o oră în urmă îşi scoase cu un gest grăbit bluza, apoi lăsă fusta să-i cadă pe nisip, rămânând cu un slip minuscul, deschis la culoare.

Se apropie de Alex și îi desfăcu nodul de la cravată, apoi nasturii cămășii. Îi sclipeau ochii ca la pisici în lumina lunii.

Acesta se apără, eliberându-și singur pantalonul gri, cureaua rămânând prinsă de o parte și de alta.

Ca un masaj blând, apa îi lua în primire corpul, milimetru cu milimetru.

În primele minute după ce ea plecă, Alexandru se disprețui pentru momentele petrecute împreună. Mai simțea pe buze gustul sângelui. Îl mușcase cu disperarea unui animal flămând.

Apoi rămase în noapte, acolo, pe nisip, așteptând-o să se întoarcă.

De vreo șase ani nu mai fusese cu o femeie. Din momentul în care soția lui divorțase s-a aruncat și mai mult în lucrul deloc monoton, de fiecare zi, pe care ea îl ura atât de mult.

Din când în când mai vorbeau la telefon și atunci i se făcea dor. Și-o amintea tandră, grăbită, preocupată de atelierul ei de modă, apoi distrată... Atunci a înțeles că o pierduse.

Într-o noapte a avut un coșmar, era cutremur și el alerga să o găsească. Deodată, strada s-a rupt în două și...

s-a trezit. Plângea ca un copil, speriat că nu o mai găsea... Peste două zile a primit citația de divorț.

S-a întors în barul în care se mai aflau un grup de tineri zgomotoși și doi tipi care discutau despre Referendumul împotriva președintelui.

– Pe banii noștri, desigur, cui îi pasă? Pleacă-ai noștri, vin ai noștri... noi suntem proștii lor, doar că...

Vocile rămaseră undeva în întunericul țesut cu lumina lunii, estompată de pereții lipsiți de personalitate.

Prin geamul deschis intra căldura nopții de vară. Apa dușului îl spăla, redescoperindu-l. Spera să afle curând cine este această Magdalena foarte decisă în acțiuni.

OCHI DE PISICĂ

Închise ușa camerei de la pensiune cu piciorul, simțind cum zgomotul o înviorează. De mică fusese încurajată de Pa'pa să se poarte ca un băiețoi. El își dorise încă un fiu și nu scăpase nicio ocazie să îi spună acest lucru.

La 8 ani conducea mașina, juca fotbal cu băieții vecinilor și sărea gardurile după mingea pierdută în timpul vreunui meci.

Maman o visa balerină. A mers la niște cursuri până a împlinit 11 ani. Apoi, un accident la piciorul stâng (un sifon care a explodat în mâna ei i-a decupat carnea în jurul tendoanelor) a împiedicat-o să continue lecțiile de balet și de gimnastică artistică. Unde mai pui că și silfida de la Coregrafie o avertizase că va crește prea înaltă, așa încât accidentul o eliberase de un calvar nedorit.

Ea, Gabriela Magdalena era acum, la 35 de ani, o femeie care își alegea relațiile cu atenția unui bijutier, neimplicându-se sufletește mai mult decât era necesar pentru o viață liberă și relaxată din punct de vedere familial.

Se privi în oglinda stil venețian, fixată pe un scrin suport. Ca într-un ritual yogin, își trecu palmele peste sâni și șolduri, lăsându-le să atingă coapsele, desprăfuindu-le parcă de energiile negative ale zilei stinse în valurile întunecate. Își întoarse corpul în profil, apoi, mulțumită de propria imagine se așeză pe taburetul înalt. În timp ce se demachia vedea parcă adolescenta care fusese, fără griji, cu ochii mari, verzi, de care se îndrăgostiseră atâția colegi.

Era obosită. Pentru prima dată în ultimii ani se simțea obosită de viață, de trapul în care o trăia, de pânda fără sfârșit... femeie încă tânără... nu, nu era doborâtă, dar poate sătulă.

Noroc de patul comod, încăpător, de cuvertura moale și mătăsoasă... că altfel, emisiunile de pe TV se aruncau spre liniștea din cameră, insipide, deloc interesante, ba chiar unele vulgare, ar spune. Nu că ar fi prea pudica, dar parcă erau chiar deochiate puștoaicele astea cu silicoane și interesate de bărbați trecuți, evident, din aceia cu bani în buzunare.

Mărunțiș!

Scofâlciţi de vremuri şi chiolhane, băute şi petreceri în care se scufundau... îi ştia bine, însoţise pe câţiva în diverse ocazii.

Săptămâni întregi îi rămâneau în pori tutunul şi alcoolul, mirosul de viaţă stătută pe care acei indivizi îl emanau ca un spray peste pielea ei. Îi vedea ca pe nişte alergători de ultimă linie, în goană după o tinereţe pierdută şi după senzaţii tari. Totuşi aflase destule de la ei, lucruri pe care le tăinuia pentru cine ştie ce moment.

Îşi aminti de tipul de la bar, Alex... era ceva în felul lui de a fi... acolo, pe nisip, ca un licean îmbrăţişat de ea, ca o iederă, iubind parcă pentru prima dată... iubire adevărată...

CHEIA

O senzaţie asemănătoare avusese când, în anii în care urmase nişte cursuri de asistenţă medicală în Bucureşti, i-a ieşit în cale un tânăr, medic stagiar... Petre. Petru... arătos, căsătorit, cum avea să afle într-un final de aventură de scurtă durată.

Ha, ce poveste! Normal că s-a simţit atrasă de el! Atunci îşi pusese în acţiune toate farmecele şi „recuzita" de machiaj.

S-a lăsat prins ca prostul! Avansurile făcute de ea l-au adus exact acolo unde urmărise să ajungă: să aibă un amant tânăr care să îi plătească mofturile şi care să o ajute să îşi ia diploma de absolvire.

S-au văzut de câteva ori pe săptămână, în apartamentul unui coleg al lui Petru plecat în vacanţă pentru 20 de zile.

– În seara aceasta, după cursuri, să ne vedem la adresa...

Îi strecurase un petic de hârtie pe care era scrisă o stradă, blocul şi etajul. Aceasta „invitaţie" era urmarea ocheadelor pe care i le aruncase Magdalena.

O atingere uşoară, ca din greşeală, a mâinii lui când îi arătă de câteva ori pasajul pe care să îl citească şi iată! Strecură bileţelul în poşeta mică, imitaţie de piele de şopârlă, în care se aflau câţiva lei, un ruj şi o batistă albă, chinezească, cu broderie făcută de maşină.

O aştepta în fiecare seară, grăbit, cu gândul aiurea. L-a sărutat ea pentru prima dată, căutând să îl încurajeze. Îşi imagina că este novice. Nu purta verighetă, nu părea să aibă vreo relaţie. Venea singur, pleca singur.

– Magdalena, ştii, eu nu spun te iubesc decât unei fiinţe... s-a perimat cuvântul de câte ori a fost folosit de-a lungul timpurilor... este chiar de prisos... continuă Petru, încercând să îşi ascundă stânjeneala.

De câte ori s-au întâlnit, întâi o exaspera cu un mic discurs despre vreme, un caz interesant despre care citise... trebuia să îl oprească, lipindu-se de corpul lui robust, încercând un sentiment de adopţie a unui june nepriceput, deşi, cu 5 ani mai mare decât ea.

Întâlnirile lor se consumau în câteva minute, ca într-o gară, între două trenuri.

– Eşti ca o nuia, îi spusese într-o seară în loc de „te iubesc".

Nu i-a răspuns, nu ştia ce să spună.

Apoi, soţia lui, care găsise chinina în buzunarul în neorânduială al pantalonului, când el tocmai se pregătea pentru întâlnirea lor.

Ina, soţia lui de un an şi jumătate, a mers cu el. A fost o întâlnire scurtă. Ina a întrebat-o tăios:

– Vrei să te căsătoreşti cu Petru? Dacă da, eu divorţez, dar să ai grijă de el.

O, nu, nu-i trebuia aşa o pacoste. Căsătorie?! Nu acum. A fost sinceră. I-a spus că s-a distrat. Atât. Revedea în minte figura aceea interesantă a Inei. A plecat prima. Mergea ca în urma unui car mortuar, urmată de Petru. Oare ea le omorâse dragostea?

Noaptea o încercuia în somnuri.

Şi valurile... Prin fereastra deschisă se auzeau ca un altfel de frunziş, în permanenţă ud, stropind malul ei cu somn, apropiind întunericul şi depărtându-l...

ISTORII ŞI NENEA VALI

Ina nu mai condusese maşina de câţiva ani buni. Se ascundea în bucuria cu care accepta discuţii cu şoferii de taximetre ce îi povesteau de toate.

Îşi păstrase un număr de telefon al unuia dintre ei, domnul Vali, care fusese premiant al celui mai bun liceu din oraş. Venit din Moldova, se stabilise de ani buni în urbea Târgoviştei şi o punea la curent cu toate câte se mai întâmplaseră de la ultima ei venire. Ina intra în poveste şi în liniştea pe care i-o aducea drumul. Ori de câte ori venea la mătuşa sa şi la verii încă în viaţă, îl suna pe Vali să o poarte prin oraş.

– Ştiţi unde era Biserica Sf. Nifon dinspre sârbi? Nu mai recunosc locurile – ca un palimpsest – clădiri noi, nume de străzi schimbate pe locurile unde altădată mă jucam.

– Dar cum să nu ştiu, doamnă Ina?! Vreţi să trecem pe acolo?

– Bucurie mare! Ne mai plimbăm puţin prin oraş. Înainte îl străbăteam pe jos, de la Tribunal la Muzeul Arheologic, la librăria din Strada Mare. Mirosea a pricomigdale şi a covrigi proaspeţi. Alergam cu verii noştri la Curtea Domnească... Turnu' Chindiei.

Îşi amintea cum odată se amestecase printre arheologii care făceau săpături la ruine. Respiră aerul de mister.

– Ştiţi, domnule Vali, îmi imaginam că purtăm rochie cu Malakoff, de aceea ca un abajur de veioză... râseră amândoi, mă jucam de-a domniţa... în sărăcia aceea în care trăia lumea şi pe care noi, copiii, nu o simţeam era o linişte de neîntâlnit astăzi. Vizite, ieşit la restaurant sau la cofetărie cu familia, râsete, poante bune...

– Ei, domniţă, asta era în copilăria noastră, miresme de fripturi la grătar în grădina restaurant, tarafuri de ţigani, cântând de le sărea cămaşa de pe ei, frumos, ce să zic! Tinerii de astăzi nu mai au parte de aşa ceva... cercei prin nas şi în burice, nu-i vedeţi la şcoală? Le puteţi spune ceva?

– Le spun, râse Ina... telefonul sună, întrerupând-o. Încerca să îl găsească în poşeta imensă, căreia îi zicea „traista ciobanului", o geantă modernă parcă prea mare, cadou de la Sophia Maru, fiica ei.

– Aici prof. Ina Măldărăscu... a, bună ziua, sigur că îmi amintesc, domnule ofiţer Danilov. Îmi pare bine să vă aud... pot să vă ajut cu ceva? Ochii mari deschişi privind în gol către ascultare erau expresia uimirii.

– Ce coincidenţă! Ştiţi, mă aflu în Târgovişte, o vizitez pe mătuşa mea. Nu, tocmai am ajuns, mă aflu în taxi... sigur, vă aştept... eu rămân o săptămână. Vă rog să mă sunaţi când ajungeţi. Puteţi folosi un taxi, domnul care mă ajută pe mine totdeauna când vin aici... îi voi spune.

Între timp, Vali, păr grizonat, ochelari, făcea semne disperate cu mâna dreaptă, negând parcă orice implicare. Ina tocmai termina să dicteze lui Danilov numărul lui de telefon.

– Este un om deosebit, domnul Vali, este ofiţer la echipa de Criminalistică din Mangalia. Vă rog să îl ajutaţi. Ne ştim de ceva vreme, nu? Aveţi încredere!

– Nu ştiam, am auzit că l-aţi chemat ofiţer... mie nu îmi plac băieţii cu ochi albaştri... mai noi sau mai vechi.

– El ajută, nu face rău, îl veţi cunoaşte...

Pe strada al cărui caldarâm era făcut din vechi pietre de râu, câteva case văruite şi dichisite, cu grădini pline de meri şi pruni, se înşirau una după alta spre cartierul care înainte se numea „La Sârbi”.

– Trebuie să ne întoarcem, domnule Vali!

– Aşa vom face, domniţă! şi viră la dreapta şi apoi spre blocul mătuşii Inei.

Mătuşa Viorica era plecată în vacanţă la Roşiori şi lăsase cheia la o vecină.

Apartamentul văruit de Paşti, deşi acesta trecuse de o vreme, îi păstra amintirea în miresme de cozonac copt proaspăt cu nuci şi cu rahat, şi lăsat special pentru ea.

Răcoarea bine-venită îi amintea Inei de bucuria brizei de pe terasa Mamei Zou de la „2 Mai". Minutele petrecute sub duş veniseră ca o binecuvântare după o oră şi jumătate din tren şi apoi plimbarea cu taxiul. Se uită câteva clipe împrejur, la pereţii plini de amintiri şi apoi îşi adună cu degete grăbite bluza pe piept, gândind la musafirul aşteptat să sune.

În camera din dreapta, canapeaua de piele închisă la culoare, cu ţinte, care se afla în casa veche a bunicilor până la dispariţia Maiei, invita la odihnă, ca în copilărie.

Se întreba oare ce se întâmplase cu şifonierul care era plin de hainele unchilor ei dispăruţi la ruşi în al Doilea Război Mondial, unul mort odată cu ţâncul pe care l-a aruncat în aer, al doilea într-un lagăr din care nu a mai venit înapoi. O vedea pe bunica Maria, „Maia" cum o numeau ei, nepoţii... obişnuia să meargă în încăperea din casa de sus, direct la șifonier, își făcea cruce și îl deschidea ca pe o relicvă importantă, fără seamăn.

Într-o zi din adolescența ei, Ina, venită în vacanță, a observat-o de pe hol: fața, încă frumoasă la cei șaptezeci și ceva de ani, sclipea în șiroiul de lacrimi. Apoi, ca într-o fugă spre un ceva de neuitat, Maia își îngropase obrajii în cele două paltoane bărbătești de pe portmantourile stil vechi, din lemn. Erau ale celor doi fii pierduți. Sanctuarul în care își liniștea dorul și durerea din când în când și unde, părelnic, parfumul purtat de ei, un Paciuli după cum auzise mătușile vorbind, mai persista în memoria ei olfactivă.

Ina nu își amintea care dintre unchi căzuse la Țiganca, în Basarabia și care fusese luat prizonier. Camarazii mai norocoși le-au povestit bunicilor și mătușilor Inei, la întoarcerea lor acasă. De la ele a auzit apoi tristețile dispariției. Bunicul Traian, Taiu, nu povestea. O singură dată a lăcrimat și îi spusese Inei: „Copilă, Basarabia este cununa noastră de spini! Blestemați vom fi ca neam dacă nu ne va păsa de frații rămași dincolo de Prut, acolo unde se află osemintele unchilor tăi!" Cumplită soartă a românilor când mercenarii ruși au tăiat Prutul în două. Pierderi pentru care românii nu au cerut nicio recompensă.

Povești nespuse cu glas tare, răspicat, ci doar în șoaptă. Nu va înțelege niciodată de ce soarta românilor măcelăriți sau deportați în Siberia și în alte locuri nu este descrisă decât cu o incredibilă rușine fără vină, despre soarta lor știindu-se doar frânturi.

La vremea spuselor lui Taiu, chiciura împodobea copacii pentru un Crăciun interzis, iar replica sovietică a lui Moș Crăciun, un Moș Gerilă fals împărțea cadouri sărace copiilor la pomul de la școală.

În surdină, radioul lăsa o melodie în vogă cu vreo 15 ani în urmă să umple spațiul: „I can't stop loving you..." Ray Charles, „Nu mă pot opri din a te iubi..." În așteptarea telefonului lui Danilov, Ina adormi pe canapeaua bunicii Maia, ca în copilărie, în brațele ei de femeie dintr-un neam dârz.

MAI MULTĂ TOAMNĂ

Şi cazul de la Târgovişte era ciudat. Un învăţător care, la 54 de ani nu fuma, nu era băutor, era iubit de toată lumea, soţie, doi copii. Ion Mihai MARDARE ştia să adune liceenii din oraş în Clubul de Ştiinţe Naturale al oraşului.

Petrecerea de Anul Nou 2012 de la Centrul Educatorilor promitea să fie plăcută, antrenantă, cu orchestra şi soliştii din Târgovişte. Nu pentru Mihai, al cărui nume se afla acum pe lista omuciderilor de care se ocupă Matei Danilov.

Ofiţerul îşi amintise că Ina Măldărăscu povestise fugar despre rudele ei de la Târgovişte. O va implica în întâlnirea cu familia celui ucis, doar îşi oferise serviciile în urmă cu câteva luni bune de la întâmplările din începutul de vară de la 2 Mai şi Vama Veche.

După întâlnirea de la Mangalia cu familia de bulgari, îşi pusese ca prioritate drumul la Târgovişte către soţia şi fiii lui Mihai, unul dintre cazurile sale. Iată că se afla în tren, prima oară când le lăsa pe Dana și pe pruncă singure.

Privea cerul împărțit în parcele de albastru și nori, pădurile care treceau ca o bandă rapidă, aruncându-și culorile de toamnă spre ochii lui.

– Da, Alex, sunt în tren spre Târgoviște. Știri? Omule, ce te încurci în pauze? Spune odată!

Un deal, o văioagă, fire de drumuri crestate de apele scurse după ploaie.

– Deci ai găsit o urmă? A... o aventură... Nu, ce problemă! Este importantă și viața ta... Să vorbim diseară. Te sun eu. Nu uita să îți notezi orice consideri demn de atenție. Vorbim... hai, bine.

Ce ciudat acest nou coleg al lui! Fâstâcit, romantic și singuratic. Fusese însurat, dar l-a lăsat nevasta și de atunci îl vedea nonstop la birou. Poate că măcar de data asta să își găsească o parteneră de viață.

De la fereastră, rogoz și sălcii punctau un fir de apă. Apoi, case cu balcoane dichisite din fier forjat, acoperișuri noi în pante, brazi deja, vestind apropierea dealurilor către munte.

– Cumpărați, nene, o iconiță? se auzi lângă el o voce mică.

Pentru un leu i-a dat copilului bucuria că nu cerșește, ci câștigă ceva prin muncă. Știa că undeva, ochii tatălui îi urmăreau mișcările.

– Doamnă doctor Măldărăscu, am ajuns la hotelul Valahia de lângă Mitropolie. Dacă nu vă deranjează, vin cu taxiul să vă iau. Dați-mi adresa, vă rog. În 10 minute sunt la dumneavoastră.

EFECTUL ISAIA

Ina își trecu mâna prin părul rebel ondulat, ca al tatălui ei... „Aş dori să fiu acum o romanță cu parfum să mă prind în părul tău..."

Îi reveneau în minte timpuri în care Petru îi cânta în felul lui frumoasa lor dragoste. L-a crezut, acceptându-l ca pe un haiduc al binelui.

Apoi s-a deschis o trapă care a înghițit începuturile lor de cristal. O aventură nenorocită i-a aliniat viața pe altă traiectorie. Efectul Isaia. Petru se pregătea să iasă în oraş spre o întâlnire a grupei la care era îndrumător. Precipitarea lui a pus-o pe seama emoțiilor. Ca de obicei îi aranjă gulerul cămăşii şi, râzând, încercă să îi pună la loc unul dintre buzunarele pantalonului care atârna puțin în afară. Un obiect tare îi opri degetele.

– Ce... este asta? Un tub de medicamente? Ești bolnav?

– Nu, cum să fiu bolnav? bâigui Petru.

– Atunci?

– Atunci ce? Atunci am nişte medicamente... m-a rugat cineva să le cumpăr, i le duc acum...

Între vorbele repetate fără noimă şi uimirea Inei, un Petru care învârtea fără încetare tubul de chinină cu câteva pastile, zornăind ca lanţurile pe încheieturile unui puşcăriaş.

– Am fost... m-am întâlnit de câteva ori cu o tânără... mi-a spus să îi cumpăr să fie sigură că nu este însărcinată... ştii că eu te iubesc... abia se născuse Andu...

Vorbea şi vorbea, cuvintele dispăreau între ei, cenuşă umană.

– Taci, te rog...

Atât era de straniu să îl privească aşa, dintr-odată, bâlbâindu-şi respiraţiile şi sentimentele.

L-a urmat ca să ştie dacă acea femeie îl iubea. O uşă fără personalitate, o figură ciudată, zâmbindu-şi escapada printre dinţi către ea.

– Vrei să te căsătoreşti cu soţul meu? Eu, mâine pot începe divorţul. Dar să ştiu că îi vei oferi o familie... are nevoie să nu fie singur...

Ce ciudat! Îşi amintea aceste amănunte după atâţia ani!

Femeia aceea tânără, probabil mai tânără cu vreo 10-12 ani decât ea o privise printre gene. Apoi, sfidătoare, aruncase răspunsul spre Petru şi spre ea:

– Să mă căsătoresc? Cu el? O, nu... iar de familie... sunt prea tânără... m-am simțit bine și apoi... banii au fost și ei... buni.

Ina își amintea doar cum punea pașii unul în fața celuilalt, ca pe o sârmă invizibilă spre casa în care o aștepta Andu, două luni de viață și ochi sclipitori.

Pentru el și pentru Sophia Maru, Dumnezeu o purta pe brațe mai departe... în lumea marcată de radiațiile de la Cernobâl, de trupuri de fugari sfârtecați de vedetele românești de la granița spre Iugoslavia, în drumul spre libertate; o lume trăind în aplauze plănuite și comandate în care nu se mai regăsea. Era lumea amară puțin simțită de generația foarte tânără de azi. Atunci decisese să plece din țară.

Sunetul telefonului o făcu să tresară.

– Cobor imediat, domnule ofițer.

Cu aceeași curtoazie de care Ina își amintea cu plăcere, Danilov îi deschise portiera taxiului.

– Investigăm un număr de omucideri care sunt aparent legate de un incident întâmplat cândva, în 1987, în lagărul de refugiați de la Traiskirchen, în Austria. Vom merge la una dintre familiile care au pierdut un membru. Familia lui Ion Mihai Mardare, învățător. Fiind din aceeași breaslă, prezența dumneavoastră poate să ajute mult.

Rugăminte: dacă, în timpul întrevederii aveţi o întrebare legată de ce veţi auzi, puneţi-o. De asemenea, luaţi şi dumneavoastră notiţe, ca să nu scăpăm nimic.

– Desigur, cu mare plăcere.

Matei Danilov îi întinse un caiet pentru notiţe şi un pix.

*

Apartamentul nu avea nimic fastuos, dar era plăcut. Curat, dichisit, cu perdele brodate în flori discrete, pe care, din loc în loc erau prinşi câţiva fluturi din mătase de mărimea unei palme. Flori vii marcau balconul a cărui uşă era deschisă.

În faţa lor, o femeie mărunţică şi îndesată şovăia, căutând în memorie clipele pe care le retrăise de atâtea ori de la întâmplarea cu omul ei, Mihai.

Prezentarea Inei ca profesor destinsese într-adevăr atmosfera.

– Mihai era iubit de elevii în clasa lui, dar şi de ceilalţi, mai mari, care erau membri ai Clubului de Ştiinţe Naturale al oraşului. Îi plăcea foarte mult ce făcea, avea în el un filon – după cum spunea – care îl lega de natură ca de familie. Colegii care îl ajutau erau şi ei oameni de ispravă. Organiza ieşiri la munte şi părinţii îl însoţeau cu drag.

– Pe munte şi eu mă simt ca în anticamera lui Dumnezeu, aproape şopti Ina.

– Da, şi Mihai spunea că îl avea aproape acolo, sus.

Matei Danilov nota grăbit punct după punct câte le afla, ca o hartă a sorţii umane nu uşor de urmărit – noduri de energii, detalii şi explicaţii aparent fără rost.

– Când a plecat din ţară soţul dumneavoastră?

– A plecat în primăvara lui ’87. Nu ne-a spus nimic, doar că urma să întâlnească un prieten la gară. Apoi... a început aşteptarea şi teama că s-a întâmplat ceva rău. Seri, zile, săptămâni... după trei luni am primit un telefon că este în Austria, că a stat în lagăr şi că lucra deja undeva, spre Salzburg. Ne trimitea pachete cu mâncare, telefona sâmbăta, scurt, să ne asigure că este bine şi că ne iubeşte.

Apoi, pe 6 ianuarie 1992, de Bobotează, a revenit aici, în Târgovişte, acasă, unde aflase că Revoluţia din ’89 pusese un sfârşit dictaturii comuniste a lui Ceauşescu, din cauza căreia plecaseră din ţară el şi câteva mii de români. Era schimbat, mai obişnuit cu munca fizică, atent la ce îi spuneau copiii, acum tineri adevăraţi. A adus şi banii economisiţi...

– A dus-o greu acolo? V-a povestit întâmplări? Noi, educatorii suntem îndrăgostiţi de poveşti...

Ina era chiar curioasă.

– Nume de prieteni, colegi de lagăr? adăugă Danilov, nerăbdător să afle cât mai mult și cât mai repede.

Avea trenul în mai puțin de două ore și nu voia să amâne plecarea spre casă. Era sfârșit de săptămână. Îi lipseau Dana și fetița. Simțea că are fluturi în stomac când se gândea la ele.

– Da, mi-a povestit, multe, răspunse Virginia. Viața atât de diferită de acolo îl făcuse să sufere la început, era ca un nou-născut, nu știa să se bucure de libertate... spunea că ar fi dat orice să fim și noi cu el. I-a fost greu, da – oftă adânc femeia. Apoi a revenit la noi. Dintre toate întâmplările, una mi-a rămas în minte.

– Informatorul român aruncat pe fereastră de la etajul trei al clădirii din lagăr? întrebă Danilov. Prietenii dumneavoastră, familia Mladev din Bulgaria, mi-au povestit. V-am spus la telefon că i-am întâlnit.

– Ați auzit de ce s-a petrecut?! Ne-a povestit ce știa, ce a văzut, ce s-a întâmplat... Nu mi-a venit să cred.

– Era speriat? Agitat?

– Nu, chiar deloc. Spunea că este mulțumit că a participat la pedepsirea acelui dușman al românilor!

– Apoi?...

Ina aștepta continuarea, răspândind încurajarea ca între studenții ei.

– Apoi, iată, la douăzeci de ani şi un pic de la întoarcere, ne-am dus la o petrecere cu foştii lui colegi de la şcoală. Mihai a lucrat la Muzeul de Ştiinţe din Târgovişte după ce s-a întors din lagăr, nu a mai mers să predea. Făcea cercetare, alte lucruri...

– Unde a avut loc petrecerea? Aici, în oraş?

– Da, la o terasă... un local elegant, unde obişnuiam să mergem când luam salariul, o dată pe lună. Lume multă, de toate vârstele. Colegii au venit şi cu familia.

– Ceva neobişnuit?

– Nu, nu îmi amintesc. Se uită la Danilov, parcă îi cerea ajutor. Muzica era frumoasă, eram între prieteni, cunoscuţi... ce să vă spun...

– Aţi fost abordaţi de cineva necunoscut, femeie, bărbat, tânăr?

– Parcă nu... a, în trecere... Staţi, acum îmi amintesc... o tânără şi un tânăr... uscăţiv, frate şi soră, s-au aşezat la masa noastră, aveam două locuri libere, aşa că... s-au prezentat. Tânărul lucra la Spitalul Municipal. Tocmai terminase institutul de asistenţi medicali.

– Şi tânăra?

– Nu îmi amintesc dacă a spus unde lucra... era ciudată, aş spune.

Danilov îşi deschise antenele. Cuvântul „ciudat" îl reactiva la maximum.

– O puteţi descrie?

– Da... nişte trăsături pe care nu le uiţi uşor. Şi ea era înaltă, ca fratele, păr lung până la umeri... cam nepieptănat. Când a dat mâna abia m-a atins. Şi nişte ochi verzi, accentuaţi de rimelul gros de pe pleoape.

– Au stat mult la masa voastră?

– Cam jumătate de oră... colegii întrebau despre lagărul din Austria, despre întâmplarea cu informatorul aruncat pe fereastră.

– Ştiau şi ei despre incident?

– Nu au spus nimic. La un moment dat, Mihai s-a îndreptat către bar şi ea s-a arătat dornică să îşi ia un pahar cu bere. Fratele ei a mai rămas cu noi, un băiat plăcut. Când ea a revenit l-a luat de braţ şi au plecat. La întoarcerea de la bar, Mihai a spus că nu se simte bine.

– Soţul dumneavoastră a băut mult?

– Nu, a venit la masă cu paharul pe jumătate gol. A mai băut puţin din el, dar nu l-a terminat. S-a lăsat în scaun şi apoi s-a răsturnat cu tot cu pahar...

Femeia din faţa lui Danilov încerca să îşi şteargă lacrimile cu palma. Nu se opreau. Ofiţerul simţea cum intră într-un adânc al vieţii cuiva. O dispariţie în întuneric. Fără revenire.

– Regret că v-a lăsat singură.

Cu mâinile pe masă, în faţa ei, Virginia împăturea un şerveţel de hârtie pe care tocmai îl luase din suport. Întâi un triunghi, apoi o piramidă mai mică, apoi încă una... începu să frământe hârtia ca pe un miez de pâine... Gândurile omului spuse în gesturi... Freud... Yung... ce bine ar fi fost dacă ar fi citit mai multă psihanaliză... nu a avut şi nu are timp... îl ajută practica, încercă să se scuze Danilov.

– Ştiţi, raportul medico-legal spune că s-a drogat... Mihai era om bun, nu se ţinea de aşa ceva... Pentru mine nu mai are importanţă cum a murit. Nu mai este printre noi.

– Aveţi dreptate şi este o mare pierdere pentru dumneavoastră, pentru foştii colegi şi elevi... Noi trebuie să rezolvăm cazul soţului dumneavoastră... şi alte cazuri asemănătoare.

Femeia nu schiţă niciun gest de mirare. Un „da" vag, apoi, mişcarea mâinii drepte a lehamite încheie vizita lor. Ina o îmbrăţişă scurt.

*

Ajunsă în faţa blocului mătuşii, Ina îi înmână notiţele lui Danilov şi îi mulţumi pentru că a avut încredere în ea.

– Noi mulţumim pentru ajutor. Vom corobora notiţele noastre şi... vă ţinem la curent. Totdeauna, o minte limpede are puterea pasului pe care îl face un pictor pentru a vedea de la distanță lucrarea... Vă urez o seară plăcută.

Matei nu prea se pricepea la vorbe de mulțumire, dar ce spunea era adevărat.

– Ei și acum, domnule ofițer?

Vali aştepta să ştie încotro să îl ducă.

– Domnule Valentin, ştiţi unde este Spitalul Municipal? Acolo trebuie să ajungem urgent.

– Se poate să nu știu? Acum suntem acolo. Am o întrebare:

– ?

– Domnule ofițer, dumneavoastră mai și mâncați între timp?

– Da, când găsim o breșă...

– Astăzi?

– Nu am găsit niciuna, râse scurt Matei.

– Păi, aveți aici niște plăcinte făcute de nevasta mea. Poale'n brâu, de, ca la noi, la Moldova. Să mâncați sănătos!

– Miroase a sărbătoare, domnule Vali, mulțumesc frumos! Le voi mânca în tren.

Treptele largi de marmură travertin conduceau spre ușile de sticlă cu senzor care se deschiseră înaintea lui Danilov.

Biroul directorului era înghesuit între dosare şi fişete. „Pe unde trece oare spre scaun?”, gândi ofiţerul.

Parcă citindu-i mirarea, Olteanu îi arătă o palmă de loc pe partea dinspre fereastră.

– Pe acolo mă strecor în lumea aceasta de informaţii medicale. Deci vă interesează Cristian P., asistent medical la noi. Are 32 de ani, necăsătorit, adresa completă... Micro 1, apartament 46... vă pot da o copie după dosarul lui.

– Ce fel de om este Cristian?

– Nu este o întrebare dificilă, domnule ofiţer...

– Danilov. Matei Danilov.

„Danilov”, mustăci directorul Olteanu.

Matei realiza cu cine semăna directorul, da, cu Cristoiu, jurnalistul de clasă.

– Mda, are ceva prieteni, îi ajută pe colegi... este un tânăr la locul lui... cam tăcut, seamănă spre mama lui... diferenţă ca de la cer la pământ între el şi taică-su decedat. Au venit aici, în oraş din Buftea. Nici cu sora lui nu se adună prea bine, ce să spun?!

– Deci are o soră... mai mare, parcă spuneaţi?

– Eu nu am spus, dar se vede că dumneata ştii câte ceva. Da, Gabriela... lumea o cheamă Magda.

Ceva în glasul directorului îl făcu atent pe Danilov.

– O cunoaşteţi?

– Am cunoscut-o... am iubit-o chiar... a venit la mine să mă roage să îl angajez pe tatăl lor... un om de nimic, băutor, am gândit că i se trage de la lagărul în care a stat în Austria...

– V-a spus de ce?

– Nu, nu m-a interesat... oricum nu a stat mai mult de trei luni la noi.

– Ați avut o experiență neplăcută cu ea, cu Gabriela?

– Ce să zic, ca orice bărbat normal, mi-am dorit să am o familie, copii... dar ea a refuzat să fie stabilă. Mi-a spus că o căsătorie ar opri-o din loc, ar împiedica-o din ce avea de împlinit.

– Interesant, poate... voia să plece în afara țării?

– O, nu, mai degrabă o viață oarecum libertină... și acum apare în oraș și dispare...

Îi arată fotografia de pe birou, el și o tânără blondă, părul lăsat până la umeri peste urechea stângă.

– Văd că ați urmărit cursul vieții ei... și încă o țineți aproape de dumneavoastră...

– Fără să vreau. Cristian, fratele Gabrielei, îmi mai spune din când în când câte ceva, ca din întâmplare. Știe că am ținut mult la ea. Acum aproximativ o săptămână a venit să mă anunțe că trebuie să își ia o parte din concediul de odihnă. Gabriela plecase iar de acasă și mama lor avea nevoie de ajutor.

– Domnule director, vă mulțumesc pentru timpul acordat și... poate că tot răul este spre bine... știți... fata aceasta... simți nevoia să adauge la final Danilov.

– Rămânem în legătură.

Deci, încă un om care se aruncă în muncă pentru a uita că nu are o viață întregită...

Danilov îl sună pe Vali să vină să îl ia.

– Păi, eu v-am așteptat jos, ce să mai merg acasă? Încotro?

– La hotel și apoi la gară. Ajungem în douăzeci de minute?

– Ei, cum așa, ajungem, dar ne părăsiți atât de repede?

– Trebuie, domnule Vali, trebuie. Se poate să ne revedem curând.

Se simțea bine în compania lui Vali. Știa de toate și vorbea de toate: istoria, geografia locului și a oamenilor... era plăcut.

L-a dus până la peron... ca un frate mai mare.

În urma trenului, Târgoviștea își ascundea casele și blocurile într-un fel de unghi de aur. Apusul în lumina de miere a toamnei era amintire. București, apoi Mangalia... drumuri și destine paralele din care poți totuși sări spre o schimbare radicală.

ÎNCĂ VERDE CU MACI...

„Un verde plictisitor”, gândi Magdalena.

Așezată la fereastra compartimentului deschis, urmărea trecerea limpede a pădurilor, pâlcuri, pâlcuri adunate parcă special să o facă să adoarmă. Câmpuri răzvrătind verdele în câțiva maci, apoi, din loc în loc câte o așezare începând cu periferia dărăpănată mai totdeauna, scoțându-și mai târziu în evidență gospodăriile îngrijite.

Vis-à-vis în compartiment, acolo unde se aflau scaune față în față cu masa îngustă la mijloc, un el bronzat și cu ochelari schimba vorbe cu o tânără. Aparent rude, tocmai răspunsese nerespectuos femeii elegante, puțin plinuță, așezată pe scaunul opus lui.

– Este curat de necrezut la toaletă, dacă vrei să te duci să îți speli fața.

– M-am spălat dimineață, nu se vede?

„Ce replică”, gândi Magda. Privi atentă la individ. Cărunt, cu o frunte mai avansată, părul dispăruse în mijloc, lăsând doar urme, câteva fire... Ar fi trebuit să își spele fața transpirată de căldura din compartiment. Probabil că odată fusese și el tandru, drăguț și cuceritor cu soția, nu doar cu lumea din jur...

Îi reveni în minte noaptea de la malul mării spre care se îndrepta din nou... Alex... dulce om! Graba cu care o sărutase, mirosul de sare și alge... oare se îndrăgostise de acel singuratic?

Nu, nu poate! Își privi unghiile cu atenția unui om de știință. Nu uitase să își facă niște floricele pe cele de la degetele arătătoare. Era simplu... îi plăcea să le scoată în evidență suplețea. Pe oja neagră, albul florilor nu arăta strident, ci doar interesant. Folosise substanța de corectat greșeli în dactilografie.

Simțea că și-a îndeplinit rostul... totuși, în câțiva ani împlinea patruzeci... Oare se putea adapta la o casă, o familie? Atâția ani, în goană, timpuri în goană...

– Biletul dumneavoastră, doamnă!

Glasul răgușit al controlorului o împinse înapoi în lumea din jur.

– Cât mai avem până la Mangalia?

– Păi, mai puțin de jumătate de oră, răspunse bărbatul, zgâindu-se la unghiile ei.

Își puse biletul cu un gest tacticos în poșeta maro roșcat, imitație de șarpe. După o oprire scurtă – oare trei minute? – trenul își reluă mersul, case – verde – cale ferată – maci – verde – câmp... parcă era un refren care îi însoţea călătoria. Totul în reluare. Doar gândurile ei, nu.

– Este liber locul acesta? Bună ziua... Magda! se auzi lângă ea.

Își ridică privirea umbrită de genele lungi, rimelate puternic.

– Alexandru!?

Încerca să își recompună starea de calm și nepăsare. Avea impresia că dacă o putea radiografia, Alex ar fi simţit bătăile puternice ale inimii sfărâmând zidul de piatră în care se oploșise adevărata Magdalenă de atâţia ani.

– Ai fost plecată, ce întâmplare!

Lângă ea, bărbatul îmbrăcat sportiv, bluză albă cu dungi transversale bleu și mov, pantalon alb – blue jeans Levi, adidași... nu mai semăna cu acela din bar, strâns de cravată și costum. „Hmm, chipeș”, gândi Magda.

– Da, mă întorc la Mangalia, câteva treburi de rezolvat...

– Locuiești aproape? respiră grăbit Alex întrebarea.

– Nu, adică, relativ aproape... Târgoviște de câţiva ani buni.

„Am început să mă bâlbâi – gândi Magdalena, parcă aș fi o fetișcană”.

– Am fost odată acolo, în copilărie, excursie cu şcoala... îmi aduc aminte ruinele şi Turnul Chindiei... impresionant. Ştiu că acolo găsiseră colţi de Ursus Peleus... sau aşa spuneau cei din echipa de arheologi.

„Povesteşte frumos", gândi ea.

– Te plictisesc? se opri Alex.

– Nu, deloc, văd aievea ce spun cuvintele tale.

Îşi puse mâna peste a lui. Ca la încheierea unui pact, Alex se întoarse spre ea şi închise mâna ei cu a sa.

– Am mai fost pe la bar, la Poseidon, acolo... nu te-am mai văzut... evident, dacă ai fost plecată.

O privi intens. Şi în lumina zilei Magda avea ceva straniu, ca o legătură cu lumea nevăzută.

– Vrei să ne întâlnim diseară? întrebă ea aparent cu neglijenţă.

Alex îi sărută mâna, regândind clipele acelea, doar ale lor, în care el redevenise un bărbat... viu.

O ajută să coboare şi privi cum dispare ireală într-un taxi. Trebuia să îşi umple orele până diseară. O vizită la birou era bine-venită.

FUGĂ ÎN LA MINOR

Magdalena sări din somn, transpirată ca după o fugă fără sfârşit. Îl visase pe Pa'pa în scaunul acela cu rotile, care venise ca o binecuvântare de la o organizaţie din America.

Vecinii scriseseră cuiva şi la câteva luni de la întoarcerea lui din Austria şi după ieşirea din spital au primit pachetul. Binecuvântare, da, pentru că altfel, mama, Cristian şi chiar ea trebuiau să îl ajute în toate, cărându-l în braţe înainte şi înapoi. Cristy nu se prea îndemna să ajute. Este adevărat că el lucra şi venea obosit acasă.

Unde mai pui că fiind din prima căsătorie a mamei, Pa'pa nu înceta să îl facă lungan, neterminat şi slăbătură. „Ai umblat la facultate să te faci infirmier, slujbă de femeie!" parcă îl auzea pufnind de câte ori putea.

Da, Pa'pa... îi simţea lipsa. Cu el născocea jocuri când era copilă, jocuri pentru băieţi. Apoi, când a revenit acasă făceau planuri ca la armată... aaaaah – căscă lung, se întinse și își trosni gâtul – dreapta-stânga.

O aștepta o seară deloc ușoară. Trebuia să termine proiectul, cum a spus Pa'pa înainte să moară... da... moartea este un cuvânt greu de înghițit, deși un cuvânt la feminin din punct de vedere al genului, aduce atâta tristețe! Ca un aspirator de speranțe.

Apa dușului îi cădea în lacrimi fine peste cap și corp. Era bine! Îmbrățișare blândă, aducătoare de liniște. Simțea porii deschizându-se spre întâlnire.

DANS SPANIOL ȘI UMBRELE

Alex intră grăbit în bar, la Poseidon. Magda nu venise încă.

„Red, red wine...” Ieși pe terasa dinspre mare. Umbrele mari acopereau în întregime mesele în mijlocul cărora păreau flori cu tulpini metalice. Briza își făcea loc în părul lui. Ciudat. Nu se temea că Magda inițiase întâlnirea doar ca să scape de el. Ar fi fost ridicol.

Simțea că și ea pătrunsese în vibrația secretă a gândurilor lui.

Se întunecase treptat, ca atunci când pui o sugativă în culoare.

Zgomotul făcut de volanele umbrelelor în vântul ușor îi amintea de niște castaniete obosite, spre finalul unui dans spaniol.

Trecuse bine de ora fixată. Telefonul se auzi, anormal pentru acel loc, îngânându-se cu valurile.

– Da, șefu', sunt... pe mal, la barul Poseidon, știți, unde am întâlnit-o pe... nu am mai vorbit... da, înțeleg...

desigur, trebuia să vină de vreo jumătate de oră... pot ajunge unde vreţi. Veniţi şi dumneavoastră cu Dragomir? Haideţi, că este curat şi linişte. Încă nu a venit niciun bărbat care să aibă semnalmentele lui Pavel Miron. Bine, promit să nu plec, aştept.

Introduse o monedă în tonomatul modern şi îşi puse Clayderman, Balada pentru Adelline... melodia lui preferată.

CARAMBOL

O frână zgomotoasă, în stradă. Deformare profesională, Danilov şi Cornel Dragomir se opriră din mers şi întoarseră capetele. Un tânăr o ajută pe fata căzută de pe bicicletă. Maşina care nu oprise la vreme tocmai se pregătea să o întindă de acolo.

Danilov se postă în faţa ei cu o mână ridicată.

La volan, o blondă artificială cu buze roşu strident îşi scoase capul pe fereastră.

– Dumneata eşti de la circulaţie? îl întrebă pe Danilov cu un ton arogant.

– Nu, dar încerc să vă ajut să nu faceţi greşeala de a părăsi locul accidentului.

– Dacă nu se uită pe unde merge! Eu nu am nicio vină, îşi făcea semne cu tânărul de care tocmai se despărţise. Am văzut-o de la distanţă.

– Şi de ce nu aţi oprit?

– A virat brusc în trafic, credeţi-mă. Poate că va avea bunul simţ să recunoască.

Între timp, un echipaj de poliţie opri lângă ei. Fata cu bicicleta se apropie şi ea.

– Doamna nu este vinovată, eu am virat stânga şi nu m-am asigurat că nu este trafic. Tocmai mă despărţisem de prietenul meu.

Părul lung şi lucios îi cădea spre umeri. Graseia şi r-ul rostogolit îi dădea un farmec aparte.

– Ai acte la dumneata? întrebă poliţistul. Aştept.

Fata scotocea încurcată în poşeta-traistă de pe umăr.

– Dă-mi voie să mă uit eu, spuse uşor tânărul care o ajutase să se ridice.

– Sunteţi din familie? sună sec întrebarea poliţistului.

– Da... nu, suntem prieteni.

– Las-o dumneata să își caute singură...

– Un... ce urâcios! își spuse Danilov, care se retrăsese câțiva pași.

– Păi, ştiţi, și-a spart ochelarii în cădere.

Polițistul făcu un gest a lehamite.

– Caută, găsește... dar mai repede. Și dumneata? se îndreptă spre Danilov, ce caşti gura? Hai, valea!

– Domnule...

– Lasă, lasă, nu ai nicio treabă aici...

Lui Matei Danilov i se păru că sângele i s-a urcat până în vârful ultimului fir de păr din cap. Nu, nu putea să plece așa. Își scoase tacticos portofelul.

– Ce faci, dom'le, vrei să îmi dai șpagă? O știi pe duduia, ha?

Danilov scoase legitimația și i-o întinse aproape de ochi. Cornel se gândea că nu îl văzuse nervos niciodată.

– Nu ți-am cerut să te legitimezi. Ce vrei să văd? întrebă polițistul care începu totuși să citească documentul la lumina de la stâlp.

Își luă imediat poziție de drepți.

– Scuzați, domnule ofițer, nu am știut.

Danilov întinse mâna autoritar să își recupereze legitimația.

– Mă aflu aici pentru că doamna încerca să părăsească locul accidentului.

În acel moment o văzu pe femeia cu ochii puternic rimelați cum îi aruncă o privire de cuțit. Îi amintea de cineva...

– Actele dumneavoastră, se îndreptă polițistul spre mașină.

O mână cu degete lungi și unghii îngrijite întinse actele prin fereastra deschisă către polițistul rotund ca o lună plină.

Danilov se îndepărtă, revenind lângă Cornel. „Mașină închiriată", constată, văzând banda de pe portieră.

– Mergem, șefu'? Sunteți schimbat la față. Ceeeee... lungi vocala colegul său.

– Păi, Cornele, ce să fie? Nimic.

POSEIDON

În drumul spre barul unde îi aştepta Alex, vorbiră despre accident şi despre femeia vopsită blond.

– Da, Alex, suntem pe drum, stai liniştit... cam în 15 minute...

Merseră o vreme în linişte. Vorbe, râsete, zgomotul maşinilor, clădirile interesante, luminate de la bază, parcă mai gândise asta...

Ar fi vrut să fie cu Dana, să se plimbe pe drumul spre mare ca pe vremuri, la ei acasă.

– Şefu', vreţi să fiţi acasă, nu?

– Măi, Cornele, da' te-ai făcut cititor de gânduri!

– Păi, ştiţi, şi mie mi-e dor de ai mei, de soţie şi de copii. Ai mei sunt mari de acum.

– Cât de mari, Cornele?

– Păi, fata are 23 şi băiatul 25.

– Da' ai fost grăbit, doar eşti tânăr tare!

– Ei, şefu', nici chiar... am şi eu patruzeci şi unu în curând.

– Bravo, să fii sănătos!

„Adunare mare la barul ăsta", era gata să spună Danilov.

– Multă lume aici, şefu'!

– Ne potrivim în echipă, iar mi-ai ghicit gândurile.

Un echipaj SMURD îi ajunse şi apoi îi depăşi, parcând chiar în faţa intrării, pe zebra de interzis. Până să intre Danilov pe uşa barului, apărură şi două echipaje ale poliţiei.

– Măi să fie, ăştia sunt acum peste tot! Sau ne urmăresc... râse scurt Danilov.

Trecu de lanţul de poliţişti, urmat de Cornel. În sala mare, lumea aşezată şi în picioare, spectatori mai mult sau mai puţin nemişcaţi, urmăreau medicii aplecaţi asupra unui corp. De la distanţă, Danilov nu putea evalua scena. Îşi făcu loc lângă tejghea, unde o femeie speriată plângea şi încerca să explice întâmplarea. Lângă ea, doi colegi de la Criminalistică încercau să înţeleagă ce spunea.

Arătă spre un pahar cu puţină bere rămas pe marginea de lemn maro, striată de mişcarea spre şi dinspre consumatori.

Cornel se aplecă şi culese cu un şerveţel un obiect mic, poate explicativ pentru incident şi i-l arătă lui Danilov, care nota datele din Cartea de Identitate a omului căzut: Pavel Miron... unul dintre cazurile lui Alex.

*

Așezat pe nisip, Alexandru deja nu mai spera să o vadă pe Magdalena. Fu surprins când o simți dintr-odată lângă el. Venise încet, cu aceleași gesturi de felină. Auzise ușa de la terasă, dar nu s-a întors să vadă cine este.

În noapte, parfumul ei se amesteca prietenos cu mirosul de adâncuri ale mării. Era lună plină și valurile sclipeau ca niște cuțite, tăind în mii de bucăți razele astrului.

Alex a ridicat-o în picioare cu grijă, ca pe o statuie scoasă din ape. O simțea pe Magda tremurând, inima bătându-i puternic.

– Îți bate inima ca după o alergare de cursă lungă.

Magdalena se sprijini de el. În șoaptă îi răspunse:

– O cursă de aproape o viață...

– Te iubesc!

Cuvintele lui, rostite nefiresc de încet, o făcură să își ridice ochii spre el. Lacrimi oare își căutau drumul pe obrazul ei?

În momentul următor, Alex îi văzu pe Danilov și pe Dumitru ieșind pe terasă.

– Mai bine nu ar fi fost lună plină, gândi el, dorind să se ascundă în întuneric, cu Magda ca o viță-de-vie, sălbatică, prinsă de corpul lui.

Danilov îl strigă de la câțiva metri, îndreptându-se spre ei. Magda încerca să se desprindă de Alex.

– Nu fi jenată, sunt colegii mei.

O aduse înapoi spre el, înlănțuind-o mai tare.

Ajunși aproape, Danilov și ofițerul Cornel Dumitru pășiră de o parte și de alta.

– Prietena mea, Magdalena, o prezentă Alex pe femeia înaltă și ciudată, la care ținea, pe care o iubea, lângă care simțea că poate să întemeieze iar o familie.

Danilov își trecu o mână prin părul ondulat, luminat de lună... Alex își aminti de poemul „The Ragged Moon", Luna Furioasă a lui... Oare de ce?

– Îmi pare bine!

Fraza suna ciudat, cordial, dar nu cu simpatie. Vocea lui Matei Danilov îi dădu fiori lui Alexandru. Un cod nespus al energiilor.

Pentru Alex, schimbarea era evidentă, îl cunoștea pe Danilov de ceva vreme... oare pentru că nu aflase încă nimic în al doilea caz, iar primul nu se evidenția prin ceva deosebit față de celelalte de care se ocupau Cornel și Danilov?

– Magdalena? Ne-am mai văzut astăzi. Vă rog să mă urmați. Amândoi.

Alex amuţi. Se uită spre Dumitru, care apleca ochii. Cei doi ofiţeri rămaseră în spate un pas. Înainte de a se urca în maşina chemată de Danilov, Magda se întoarse.

– Şi eu, Alex, şi eu... ţin la tine!

Pe bancheta din spate, Alex încerca să îşi pună mâna peste a femeii. Aceasta şi-o retrase brusc, ţinând-o departe de el tot drumul.

Ar fi vrut să îşi întrebe colegii ce se petrece, dar nu putea încălca regulile. Cuvintele Magdei îi răsunau în urechi, de necrezut.

*

La sediu, în camera de primire a cazurilor, Alex a fost invitat protocolar să ia loc, în timp ce ofiţerul Danilov îi arăta Magdalenei drumul spre biroul de investigaţie. Cornel Dumitru veni spre el şi îi întinse mâna.

– Haidem la mine!

Alex se bucură că i se vorbeşte „normal". Era nerăbdător să audă ce se întâmplase, de fapt, de ce se află aici, cu Magda.

– Nu credeam că dacă iubesc ajung în colimator, încercă el să glumească.

– Ei, dragostea e dragoste, râse Dumitru, viața de pe lângă ea e... cu dichis!

Încercă să descuie biroul lui, dar cheia nu voia deloc să asculte mâna care o împingea și răsucea.

– Ei, pălăria mea! Ce... ei, uite, m-ai emoționat cu povestea ta! Încercam să descui cu cheia de acasă!

Printre lamele transperantelor, se strecura lumina sfielnică de la singurul stâlp din dreptul ferestrei. Apoi, brusc, becurile din plafon.

– Hai să vedem, Alex, ce s-a întâmplat în seara asta înainte și după ce am vorbit la telefon.

– Când m-a sunat Matei așteptam... o așteptam pe Magda.

– Aveai întâlnire...

Alex era uimit că Dumitru dăduse drumul reportofonului și lua notițe în același timp.

– Da...

– Și?

– A venit târziu. Mult mai târziu decât trebuia... aproape că nu mai credeam să o văd... i-am spus și lui Danilov...

– Am întâlnit-o în oraș... un accident, spuse Dumitru brusc. Ai fost afară tot timpul de când ai ajuns la Poseidon?

– Da, răspunse Alex scurt, doar am trecut prin clădire, m-am asigurat că în bar nu se afla și Miron, cazul meu, și am venit pe plajă. Acolo trebuia să ne întâlnim.

– Ai auzit ceva strigăte, vociferări?

– Să fiu sincer, eram în lumea mea... tocmai îmi amintisem cântecul lui Șeicaru... „Iubita mea, să ne-aruncăm în valuri...”, mă gândeam la Magda și la mine.

– Ei, foarte bine... hmm, hai, bine că te-am găsit... Știi, tipul care a sucombat în bar este exact Pavel Miron pe care îl căutai.

Sunetul telefonului veni ca o mitralieră împotriva gândurilor.

– Da, șefu', acum venim. Ei... am vorbit și noi, ca băieții... Sigur, desigur.

Ieșiră amândoi pe holul placat cu lemn. Câteva fotografii vechi în culoarea sepia, de pe la 1912, atârnau pe pereți, marcând o linie a istoriei Poliției Speciale Locale.

Orologiul de la clădirea veche, renovată acum câteva luni, răsună ciudat, ca pașii unei sentinele.

– Parcă suntem în decorul unei piese de Shakespeare, spuse Alex.

– Nu prea ești departe de adevăr, mormăi Dumitru.

În încăperea cu masă ovală, Magda era așezată într-un scaun opus față de ofițerul Danilov, flancat de încă doi colegi. Reportofon, agende pentru notițe, pixuri, apă...

Invitați să ia loc, Alex și Dumitru se așezară spre capătul mesei.

– Vom continua discuția de la sosirea dumneavoastră la barul Poseidon. Ne puteți spune ce ați făcut de când ați ajuns? Am înțeles că aveați întâlnire cu domnul aici de față, cu Alexandru.

Într-un gest involuntar, Magdalena își puse mâinile pe masă. Degetele lungi, de pianist parcă, delimitau spațiul ei de al celorlalți. Nu privea spre Alex. Începu să vorbească, nefiresc de încet și în propoziții scurte.

– Am intrat. Am mers la bar și am comandat o bere. Am întrebat dacă Alex a fost văzut.

– Trebuia să vă întâlniți pe plajă, nu? întrebă Dumitru.

– Nu știam dacă a ajuns.

– Barmanul v-a făcut atentă că vă aștepta cineva... așezat la o masă înăuntru.

– Coincidență, spuse repede Magdalena, uitându-se la unghiile negre și trăgându-și mâinile în poală cu o atitudine de școlăriță.

– Ofițer Dumitru, să intre Grigore, vă rog.

Dumitru se îndreptă spre hol unde, în picioare, lângă bancheta de lemn natur, se afla un tip solid, față de tătar, cu sprâncene arcuite și nas puțin bombat, mustață subțire continuată cu o barbă încadrând bărbia ca într-o ramă de tablou.

– Bună seara. Vă rog să mă urmați! i se adresă Dumitru.

– Bună! Ce e, dom'le, graba asta? Ați închis barul pentru un leșinat, acolo?

– Haide, intră!, trecu la per tu Dumitru.

Voia să îi spună să își țină gura, dar ușa spre biroul în care se desfășura interogatoriul și unde se aflau Danilov și colegii era deschisă.

În cameră, liniște ca înaintea unei furtuni.

– Luați loc!

Danilov îi arătă ferm un scaun proprietarului barului Poseidon.

– De ce închideți, dom'le ofițer, business-urile oamenilor? Ce v-am făcut, dom'le? A, uite-o și pe ofticoasa asta (abia o văzuse pe Magdalena). Am știut eu că e piază rea – ochi de pisică, unghii de vrăjitoare!

Alex nu se mai putu stăpâni.

– Lasă comentariile, nerușinate!

Danilov îl privi printre pleoapele puțin strânse. Colegul lui se controlă imediat.

– Acum eu pun întrebări, Grigore. Deci, ce s-a petrecut acolo? Spune tot, dar frumos, aşa, pas cu pas...

Vădit incomodat de tonul autoritar, Grigore tuşi, mormăi ceva, apoi îşi dădu drumul.

Cum o fi fost în copilărie? încercă Danilov să şi-l imagineze ca băieţel. Trebuie să fi fost rotofei, bătăuş...

– Hei, vă spun de la început: barul meu este un loc civilizat, plăcut, curat... fără incidente, ar trebui să ştiţi.

– Ştim, am căpătat informaţii. Totuşi, în seara aceasta... s-a întâmplat unul deloc minor.

– A căzut unul, dom'le, unul care o aşteptase pe... mironosiţa de acolo – arătă iar spre Magda. Cum a apărut, ăl de o aştepta s-a ridicat de la masa la care stătuse vreo jumătate de oră şi a venit la bar. Ea era cam speriată, cred, că se uita în toate părţile. Au luat câte o bere... ea a băut o gură şi... zâmbete multe, dom'le, ce mai, era toată un zâmbet şi-o floare, vorba cântecului... şi-a scăpat poşetuţa pe jos. Când el a ridicat-o, ea luase conducerea şi se îndrepta spre masa din colţ, de lângă bar, cu cele două pahare în mână. Nu a mai durat mult şi l-a lăsat singur în compania paharelor, ieşind pe uşa de la terasă, spre mare. A sunat telefonul şi am mers să răspund. Apoi, buf! Când am întors capul, individul era lat pe podeaua barului. Lumea vorbea, agitaţie mare, ce mai! Atunci am sunat la Ambulanţă şi Poliţie.

– Ce bere s-a băut?

– Stela Artoise, nu e grozavă, da' sună important! râse scurt.

– Duduie Magdalena, nu ați terminat paharul de bere, de ce?

– Eram grăbită să ies, să îl întâlnesc pe Alexandru – mă așteptase ceva vreme, știți bine... accidentul cu fata de pe bicicletă.

Alexandru privea de la unul la altul. Avea impresia că i se pusese în brațe un puzzle cu vocabular nemaiîntâlnit. Ce căuta Magdalena în toată povestea? Privirea lui și a lui Matei Danilov se intersectară.

– Duduie, când ați gustat din bere, vi s-a părut că are un gust deosebit?

Răspunsul zvâcnit, nervos al Magdei răsună ca un șir de gloanțe oarbe în urechile lui Alex.

– Nu, ce gust? Nu, bere! Ce altceva?

Danilov bătea cu degetele pe rama de lemn mahon a fotoliului din fața lui, semn că își pierdea răbdarea.

– Ofițer Dumitru, să intre doctorul Măldărăscu, te rog.

– Bună seara, domnule ofițer, apoi înclină capul spre ceilalți, privind împrejur.

Întâlni ochii femeii din colțul opus al sălii. O știa... de unde? Căută în memoria pasivă... probabil o pacientă. Rimelul puternic de sub ochi și rujul destul de strident... nu, nu își amintea.

– Bună seara, domnule doctor, mă bucur să vă revăd. Luați loc! Nu vă voi reține mult, probabil că nu vreți să pierdeți plaja mâine dimineață, zâmbi ușor Matei Danilov, amintindu-și de întâmplările petrecute la casa Mamei Zou, când se întâlniseră prima dată la 2 Mai.

– Nu am când, domnule ofițer. Știți, când merg la conferințe de specialitate dedic integral șederea mea evenimentului.

– Domnule doctor Petru Măldărăscu, vă aflați aici în dublu rol – martor și medic.

Din scaunul ei, Magda își îndreptase ochii țintă spre doctor. Acesta era, da, tânărul medic asistent cu care făcuse dragoste... apoi soția...

– Dați-ne, vă rog, cele mai mici detalii pe care le considerați importante.

– De la masa la care tocmai mă așezasem cu încă trei colegi, l-am văzut pe bărbatul care se îndrepta spre tejgheaua barului, cumva grăbit, dar nesigur, ca în tangaj... Mi-am dat seama că ceva nu era în regulă când și-a pus mâna la gât. A urmat apoi prăbușirea... s-a chircit în cădere. Am mers lângă el imediat. Colegii m-au urmat. Semnele vitale erau foarte slabe, puls pe aortă, apoi... nimic. Când m-am aplecat, un miros ciudat se ridică din șuvița de salivă de pe obraz și gât.

– Morfină? Altceva?

– Aş fi optat pentru morfină, dar amestecul cu bere... până la probele de la laborator...

– Da... vom vedea imediat.

– Ofiţer Dumitru, vă rog să ne arătaţi ce aţi găsit la locul incidentului?

Tacticos, Dumitru scoase din buzunar o punguţă transparentă de plastic, etichetată, în care se afla un şerveţel pe care îl scoase şi îl desfăcu pe masă, în faţa lui. Pe albul imaculat sărea în evidenţă un obiect mic, negru şi lucios.

*

Ina era neliniştită. În aşteptarea telefonului de la Petru, aţipise cu mâna pe Pufa, căţeluşa lor care nu se sfia să se aşeze lângă ea pe recamierul acoperit cu o cuvertură colorată pastel cu decupaje în relief. S-a trezit brusc înfrigurată. Când se uită la ceas, nu îi veni să îşi creadă ochilor.

„Două şi jumătate noaptea! Ce o fi cu Petru?” Nu îl suna de obicei, dar lipsa măcar a unui mesaj era neobişnuită. Îşi întinse mâna spre noptieră. Atunci observă că adormise cu inelele pe degetele de la mâna stângă – unul, elice cu diamante şi verigheta. Noaptea şi le scotea ca o eliberare de cele zilnice.

– Alo, Petru, eşti bine? S-a întâmplat ceva? Nu ai dat telefon atâtea ore... nu îţi reproşez, dar... OK, bine, când îţi revii, mă suni. Pa!

Închise uşor telefonul, deşi îl mai auzi pe Petru spunând ceva. O necăjise felul lui de a elimina întrebarea... Din nou se adânci în tristeţea devenită atât de proprie fiinţei sale. Nu se învaţă minte că el, soţul ei, avea momente când răspundea de parcă ar fi vorbit unei străine sau duşmance.

– Hai, Pufa, este timpul să trecem la culcare!

O conduse pe căţeluşă spre perna de pe hol şi ea se îndreptă spre dormitor. Prelinsă de pe patul mare, matrimonial, o pilotă albă cu buchete mov de violete părea o zăpadă neobişnuită.

Draperiile în valuri, albe, brodate cu fir de mătase auriu, îmbrăcau ferestrele largi. Înainte de a adormi, îşi aminti de mare, de sunetul straniu ca de arginţi vechi al valurilor spărgându-se la mal. Şi Petru... mai erau luni bune până când să meargă din nou la Mama Zou...

*

– Voi spune adevărul!

În încăperea devenită strâmtă dintr-odată, intră Dumitru, care plecase cu câteva minute înainte.

– Domnule ofiţer – se adresă protocolar lui Matei Danilov, persoanele solicitate se află aici.

– Să intre.

„Ca din culise”, gândi doctorul Petru Măldărăscu, intrară Lilia şi mama ei. Tânăra se trase un pas înapoi la vederea Magdalenei, a cărei figură era răvăşită şi purta urmele lacrimilor prin rimelul devenit curgător.

– Vă rog, aşezaţi-vă aici. Recunoaşteţi pe cineva dintre cei prezenţi în afară de colegul meu şi de mine?

Uitându-se spre femeia ale cărei lacrimi construiseră o mască pe faţa îmbătrânită, Lilia întinse nehotărâtă mâna spre ea, dar apoi o retrase.

– Nu sunt sigură, poate pe ea...

Cu un gest de răzvrătire, Magda îşi duse mâinile spre ceafă, unde, părul blond vopsit era strâns într-o coadă groasă. Dintr-o mişcare şi-l desfăcu în valuri, cascadă spre umeri, ca o cortină între ea şi ceilalţi.

– Doriţi să mă întrebaţi ceva, haideţi – să terminăm odată cu circul acesta! Aştept! Vreţi să ieşim în stradă ca să aveţi mai mulţi spectatori?

– Eşti femeie, oare tu ai vrut să o omori? Cum te-ai putut implica în aşa ceva? Unde sunt visele şi înţelegerea ta despre lume? Ce bani pot plăti o viaţă dispărută şi o familie distrusă?

Mama Liliei se adresă direct Magdei, fără să ceară permisiunea cuiva.

– Doamnă, acestea sunt acuzații fără dovezi, vă rog să luați loc.

Alex urmărea intens desfășurarea situației. O vedea ca prin ceață pe aceea pentru care își făcuse deja visuri pentru viitor. Acum părea atât de neajutorată, umerii adunați, mâinile strânse una în alta, ascunzând aproape complet unghiile... „When a man loves a woman"... una dintre melodiile lui preferate... când un bărbat iubește o femeie... melodiile lui de suflet fuseseră ale părinților lui. Le-a ascultat ori de câte ori putea și el.

Magdalena se ridică în picioare și îi privi pe toți din încăpere. Nu era sfidare, nici obrăznicie în privirea ei.

– De ce sunt acuzată?

Vocea îi sună răspicat și clar în liniștea apăsătoare de după întrebarea neașteptată.

– Domnișoară Magdalena, recunoașteți că ați avut legătură cu vreun caz de omucidere sau încercare de ucidere a unor persoane în ultimul... să spunem, an? întrebă Danilov.

Magda părea că va izbucni în plâns. Uitându-se în ochii lui Alex îi spuse blând:

– Pe tine... te iubesc. Pentru prima oară în viața mea când îmi doresc să fi fost pură, fără... obligații de îndeplinit, să fiu eu și să mă bucur că pot avea o familie – apoi, uitându-se spre Petru Măldărăscu – nu o aventură uitată, ascunsă de soție.

În tăcerea care urmă, telefonul sună, notă discordantă. Dumitru răspunse.

– Da... așa deci... desigur. Mulțumim, veniți în 5 minute – îi făcu un semn afirmativ lui Danilov.

– Așaaa... vorbi acesta, trăgând în fața lui schița făcută de Alex la începutul cazului „Stroboscop". În mijloc era scris cu majuscule TRAISKIRCHEN, apoi raze – numele celor care fuseseră otrăviți.

Privi împrejur ca și când uitase unde se afla și rostul celor așezați. Se gândi la Dana lui pe care nu o mai văzuse de aproape o lună decât în fugă; un surâs, o mângâiere rapidă, o sărutare „furată" cum spunea ea... și fetița – altă lume, ca o aureolă de sfânt.

Își drese glasul – literele nu voiau să se așeze în cuvinte.

Dumitru îi simți starea și îl întrebă ușor, doar pentru ei:

– Șefu', să încep eu? Rezultatele de la laborator...

Matei Danilov încuviință. Îl tulburase, văzând cât de neajutorat devenise Alex în toată situația. De ce oare se întâmplă astfel de lucruri?

– Deci, cele două rezultate de laborator – vă voi spune imediat despre ce este vorba – au confirmat existența unor urme de morfină în paharul cu bere de la barul Poseidon.

– Ce morfină, dom'le? – sări proprietarul clubului bar. Eu sunt curat, auzi? Cu-rat!

Sobru, Dumitru îi spuse să stea liniștit la locul lui.

– Aceleași urme au fost găsite și pe acest obiect.

Danilov, care își revenise între timp, luă șervețelul pus pe masă în fața lui și se îndreptă spre scaunele pe care se aflau Magdalena și Alex.

– Deci, spuse sec:

1. Avem de-a face cu șase crime și o încercare eșuată de omucidere.

2. În cazul victimelor de vârste, profesii și localități de rezidență diferite există un singur numitor comun: toate au făcut parte din familii în care un membru s-a aflat în lagărul de refugiați de la Traiskirchen, de lângă Viena, în Austria, în perioada august – septembrie 1987.

Crimele par a fi fost făcute de un individ care se consideră justițiarul care pedepsește o nedreptate. Trebuie să fie foarte slab ca personalitate, alegând să își demonstreze tăria prin omucidere – folosire de droguri în amestec cu alcool.

Dumitru își drese vocea:

– După cum am menționat mai devreme, s-a constatat că omorurile au fost realizate punându-se morfină în băutura victimelor.

– Domnişoară Magdalena – i se adresă Matei Danilov ajuns lângă locul pe care aceasta se afla aşezată – la petrecerea la care Lilia, aici de faţă, şi-a pierdut cunoştinţa, a fost găsită o unghie falsă, dată cu ojă neagră, purtând urme de cianură pe partea posterioară. Aţi fost văzută la acea petrecere, în Bucureşti. Aseară aţi pierdut ceva la clubul bar Poseidon?

– Nu – veni răspunsul ca un bloc de gheaţă.

– Întindeţi mâinile pe masă, amândouă, ordonă de data aceasta Danilov.

Magda se conformă. De pe degetele lungi cu unghii date cu ojă neagră, lipsea una. Matei Danilov desfăcu şerveţelul şi scoase de acolo acel obiect găsit de Dumitru. O unghie identică celorlalte, doar că avea nişte floricele mici albe care o distingeau.

De la fereastră se desprinse ca o umbră Crina, subofiţer la laboratorul secţiei. Stătuse în picioare, aproape nebănuită, deşi vizibilă, cu părul scurt, brunet şi cârlionţat. Se îndreptă spre scaunul Magdei şi o atinse pe umăr. Aceasta se întoarse, tresărind înspăimântată ca de un zgomot neaşteptat.

Cu mănuşi de plastic pe care şi le trase imediat, Crina îşi pregăti o pensulă, o chiureta mică şi o pensetă.

„Parcă se pregăteşte să să îmi facă disecţie”, gândi Magdalena.

– Vă rog să păstraţi mâna stângă pe masă.

Cu gesturi de manichiuristă, Crina își completă operația. Chiureta mică se învârti ușor în mâna ei, intrând sub și în jurul unghiei nude, roz, contrastând cu negrul celorlalte. Își puse instrumentele folosite și eprubeta pentru mostre în punga de plastic îngustă și cu fermoar roșu, pe care o scosese din buzunarul halatului mai devreme.

MAT LA REGE

„I can't stop loving you... It's useless to say... that I will live my life... în dreams of yesterday..." se auzi prin fereastra deschisă spre orele dimineţii. Magda încerca să își șteargă lacrimile care începuseră să își caute drum spre colțurile gurii.

Alex o privi. Voia să înțeleagă ce se petrece.

– Reiau întrebarea pusă de doamna Dobreva, în altă formă: Pe cine ajutaţi? Care este numele complicelui dumneavoastră?

– Nu am – se auzi aproape în șoaptă răspunsul.

– Poftim? Vreţi să repetaţi?

– Nu am niciun complice. Am acţionat de una singură, răspunse zeflemitor Magdalena.

Petru Măldărăscu își drese vocea:

– Mai aveţi nevoie de mine, domnule ofiţer?

– Nu. Vă mulţumesc, mulţumesc tuturor pentru răbdare și vă doresc un rest de noapte ușor. De la poartă vă vor chema o mașină.

Danilov își trecu mâinile prin păr, gest reflex care îl trăda ori de câte ori se afla înaintea unei decizii sau întrebări majore.

Din colțul în care se retrăsese pe unul dintre scaune, Dumitru ascultă perplex.

– Ce, Doamne, iartă-mă, a fost în capul ființei acesteia? O femeie să omoare cu atâta sânge rece! Să plănuiască, să gândească și aplice fiecare mișcare și lovitură!

Scrise pe coală de hârtie din fața lui „Nu este posibil. Nu cred o iotă din ce spune." I-o aduse lui Danilov. Acesta citi și așternu palma deschisă peste rândurile lui Dumitru, de parcă ar fi putut fi văzute de altcineva nedorit.

Tăcerea din încăpere învăluia ca un întuneric copleșitor.

Ioanițoiu, de la Abuz și Violență în Familie se apropie de Alexandru. I se adresă cu voce domoală și accent moldovenesc:

– Vă rog să mă urmați.

Alex se ridică.

– Voi spune adevărul, Alex! spuse Magda.

O privi îndelung. Surâsul ei, oarecum încurajator, îi amintea de o Mona Lisa întristată.

Pe culoar, Ioanițoiu începu:

– Uite ce, colega, ai stat destul acolo. Gata! O iubești pe ființa aceea, da? Toată lumea poate vedea asta.

Să fii sănătos. Dar nu trebuie să pierzi timpul înecat în lacrimi... Hei, scuze, știi că te apreciez.

Alex făcu un semn de „nu-i nimic” și continuă să meargă spre biroul lor. Ioanițoiu avea chef de vorbă.

– Să știi că și ea ține la tine, am văzut-o cum te privea. De ce s-o fi băgat în rahatul ăsta?

Alex nu răspunse. Întrebarea asta și-o pusese și el încă de la începutul interogatoriului. Dar oare era vinovată? Își amintea că Danilov îi spusese că nu este nicio problemă, să continue să se întâlnească, viața este viață... oare ei nu au avut informații despre viața Magdei? Simțea că îi transpiră fruntea. Nu a fost folosit drept momeală, nu putea crede. Nu, categoric nu. „Voi spune adevărul!”, îi răsunau în minte cuvintele ei.

Se uită la ceas... 3 dimineața. Era obosit, dar nu a somn.

Sora lui îi spusese odată că ea nu crede în durerea bărbaților. Avea 19 ani atunci și tocmai se despărțise de prietenul ei. „Voi sunteți fie crocodili pândind prada și terminând-o în scurt timp, ori scorpioni. Vă luați energia din clipele petrecute cu noi!”

Avea și ea dreptate. Energia lui din ultima săptămână o primise cu toate celulele din întâlnirea cu Magdalena.

Subofiţer Crina reveni de la laborator cu rezultatele. Danilov le citi rapid, câteva cuvinte aşternute în albastru pe foaia beige din material reciclat.

– Domnişoară – se adresă Danilov Magdei – în seara aceasta, la barul Poseidon, ca şi la petrecerea la care Lilia a fost otrăvită, s-a găsit o unghie falsă cu ojă neagră, care, iată s-a potrivit pe degetul dumneavoastră. Pe ea, ca şi pe pielea din jurul unghiei reale, testele de laborator au identificat şi confirmat prezenţa urmelor de morfină. Cine este cel pe care îl ajutaţi în aceste crime şi de ce? Danilov o privi, susţinându-i privirea. Aţi procurat drogul prin fratele dumneavoastră care lucrează la spital în Târgovişte, nu-i aşa?

– Fratele meu nu are niciun amestec. Într-adevăr am acţionat de una singură. O singură dată l-am întrebat care ar fi doza care, dată din greşeală unui pacient ar putea să producă moartea. Probabil că a crezut că vreau să mă sinucid! – râse scurt.

– Aştept să îmi prezentaţi mobilul crimelor.

„Este prea amabil acest ofiţer”, gândi Magda. Deci există şi printre ei oameni.

Privise în urma lui Petru Măldărăscu. El nu îşi amintise cum se întâlneau după cursuri în apartamentul unui coleg. Era un ciudat... Cu o nevastă tânără şi frumoasă venise la ea pentru o aventură ieftină. Păcat!

– Domnișoară Magdalena, să continuăm. Ați recunoscut că ați avut legătură cu uciderea acestor persoane!

Pentru Magda, fiecare nume de pe lista pusă în fața ei de Danilov însemna un exercițiu reușit. Oare avea remușcări? Până acum prea puține. Se afla ca în fața unei uși între două lumi. Una în care acționase ca în transă, uitând de viața ei, de faptul că avea dreptul să trăiască intens bucurii și tristeți, să își pună întrebări și să găsească răspunsuri. Se alienase de ea însăși. Alta, așteptând-o acum cu o viață adevărată, în care abia pășea, ca un nou-născut.

– Da, am recunoscut.

Matei o privi mai atent. Parcă intrase într-o altă vârstă. Gârbovită, ochii cu cearcăne mari purtau intens umbrele rimelului împrăștiat. Nu frumoasă, ci interesantă poate odată...

– L-ați întâlnit, deci...

– Am împlinit doleanța unui om care acum nu mai trăiește. Nu i-am analizat niciodată viața sau faptele. I-am acordat încredere și anii mei cei mai frumoși. De la 25 de ani nu mi-am dat șansa să trăiesc ca o tânără „normală"! râse scurt și sec.

Matei o ascultă fără altă întrebare.

– Lumea spune că ar fi fost un securist nenorocit, un turnător care a desființat familii, că, infiltrat în lagărul de refugiați de la Traiskirchen de lângă Viena, transmitea în ţară date despre românii care reuşeau să scape liberi. Cineva l-a recunoscut. A fost aruncat pe fereastră... a rămas schilod pe viaţă! Da, l-am cunoscut pe acel bărbat. A ales răzbunarea pentru suferinţa pe care a îndurat-o şi am fost alegerea lui să îl ajut. Mi-a dat numele celor care au participat la pedepsirea lui. I-am urmărit, am aflat adrese, i-am ademenit pe unii... alţii nu au revenit în ţară... restul a fost o jucărie. Am planificat totul ani de zile. Voiam să îi fac pe plac. Între timp, omul acela care mi-a împietrit şi mie viaţa a murit.

Danilov înţelese că între femeia din faţa lui, închisă ca într-o cuşcă de fier în promisiuni făcute şi bărbatul pentru care se sacrificase a existat o relaţie puternică şi o influenţă malefică pe care individul a avut-o asupra ei.

– Da, l-am întâlnit şi m-am lăsat convinsă de planul lui.

– V-a ameninţat?

– Nu mai are importanţă.

Povestea spusă monoton de Magda punea cap la cap informaţiile pe care echipa lui Matei Danilov le adunase cu sârguinţă.

– Deci, care era numele bărbatului?

– Gabriel Petrescu... Era tatăl meu!

Dumitru rămase cu pixul în mână. Reportofonul continua să păstreze cuvintele fără reverberaţii.

Matei Danilov simţi nevoia să deschidă ferestrele spre briza mării şi sunetul vieţii normale care începea dimineaţa pe stradă.

Se îndreptă către lumina sfielnică ivită printre lamele transperantelor şi cu gesturi mecanice aduse lumea de afară în birou. I se făcu milă de fiinţa din faţa lui, care abia acum realiza cât de cotropită fusese de ură şi dorinţa de răzbunare a celui care a avut şansa să o poată numi fiică.

– Am şi eu o întrebare pentru dumneavoastră. Pe Alex... l-aţi trimis să mă urmărească?

– Nu! veni acelaşi răspuns din două colţuri de încăpere.

Odată cu Danilov, Dumitru răspunse şi el involuntar.

– Nu, repetă Danilov.

Formă apoi un număr de telefon. Doi subofiţeri veniră să o ia în custodie pe Magdalena.

– Vă rog, dacă aveţi o foaie de hârtie şi un pix. În câteva minute termin.

Se aplecă asupra cuvintelor cu sârguinţa unei eleve. Îi întinse foaia lui Danilov – „Pentru Alex" – apoi îi urmă pe cei doi spre celula provizorie.

Câmpuri de flori şi cerul albastru, apoi plopii înalţi, balerini ai aerului şi macii, macii ca nişte stropi de sânge ai unor vieţi rănite îi reveneau în minte lui Matei

Danilov... locurile prin care păşise aproape în urmele Magdei.

– Ce chestie, şefu'! Ce chestie! Nu îmi vine să cred. Şi bietul Alex! Când te gândeşti că îşi găsise şi el... o iubită!

Prin uşa deschisă se mai puteau auzi paşii care se îndepărtau.

ANOTIMPURI

Alex îi spuse lui Danilov că se duce la barul de la malul mării. Rămăsese ca acesta să îl ajungă din urmă în jumătate de oră. Simțea cum el, cel de acum câteva zile plecase departe, însingurat ca un val care părăsește malul...

– Este liniște aici, spuse Danilov, așezându-se lângă Alex... În urma prezentării tuturor probelor și audierii martorilor, tribunalul a decis să o condamne pe Magdalena la 12 ani cu recurs pentru complicitate la crimă și încercare de luare de vieți. Urmează să fie investigat și fratele ei, dar și directorul Spitalului Municipal – furnizare de morfină sau neglijență în gestionarea medicamentelor speciale. Apoi se va da sentința definitivă.

– Știați că Magda este criminalul când mi-ați spus să continuu să o văd? sună vocea strident, ca un strigăt de pescăruș.

– Bănuiam vag. Am crezut-o complice. Dar este ciudat că şi ea a întrebat dacă a fost o misiune ca tu să o întâlneşti.

– Oricum este inutil... veri, toamne, ierni, primăveri inutile... Mi le construisem cu ea în gând, lângă mine pentru totdeauna...

Danilov se scotoci în buzunar şi scoase o foaie albă, împăturită mic, ca un bilet de loterie şi i-o întinse lui Alex. Apoi se ridică şi îl bătu pe umăr. Era deja vineri spre înserare. Mergea acasă.

Rămas singur, Alex desfăcu meticulos biletul.

„Alex, dragul meu, Alex,

Între cer şi pământ, între vieţile noastre – a mea, cenzurată şi a ta, gata din nou de zbor, vor exista mormane de zile. Nu îţi pot cere să te gândeşti la mine. Dar te rog să priveşti şi pentru ochii mei marea şi valurile, luna şi nisipurile pe care te-am întâlnit. Să miroşi şi pentru mine noul în fiecare anotimp din cele care vor trece, despărţindu-ne din ce în ce mai mult.

Nu te-am minţit. Pentru şi prin tine am redevenit eu, cea care fusese îngropată vie în ambiţiile unei fiinţe nevolnice.

Mă voi gândi la tine şi la dragostea ta.
Cât voi trăi. Magda”

*

...Vara s-a dus, foşnet de-aripi călătoare...
Şi tu, iubitul meu...
Sângele-mi pare prea strâmt pentru trup
O stea moare lung, ca un strigăt de lup,
Amurgu-mi va plânge în aşteptare...

*

– Magdalena, la secretariat.

Însoţită de o gardiancă, Magda deschise cu temere uşa.

– Aveţi un pachet, domnişoară! spuse cu zeflemea necamuflată un tip din cameră.

Magda semnă şi apoi, uşor, degetele lungi desfăcură ambalajul care acoperea o cutie cu capac transparent.

Înăuntru, o tulpină lungă cu flori albe. Pe un bilet prins de capac, ca o explicaţie în goana timpului, câteva cuvinte:

„Regina nopţii, cu drag, prin anotimpuri...
Alexandru”

Made in the USA
Middletown, DE
25 January 2019